Wenn das Leben einfach passiert

Roman

Diana Hübner

Wenn das Leben einfach passiert

Für
Isabella und Matteo

Wenn das Leben einfach passiert

Wenn das Leben einfach passiert

Gefühlsgedanken

Es ist dieses herrlich warme Gefühl, welches meinen Körper umfasst, vereinnahmt, und für Minuten und Stunden einfach ausfüllt.

Nur durch eine Berührung, einen sanften, zaghaften Kuss und die wundervolle Erfüllung der Sehnsucht nach der Nähe eines anderen.

Es ist berauschend wie guter Wein, wie Regen an einem heißen Tag, wie das Beobachten eines Sonnenstrahls, der nach langem Kampf mühsam durch die Wolken bricht.

So wie der Tau auf einer zarten Blüte, die langsam zum Leben erwacht.

*

Ich erwache!

Wie diese junge Blüte,

wie der Morgen nach der langen und dunklen Nacht.

Unmöglich geglaubte Empfindungen durchströmen meine Adern, jede Phase meines müden Körpers.

Ich bin dankbar.

So sehr.

Dankbar dafür, mich für einen kurzen und so intensiven Moment lebendig zu fühlen, genießen und spüren zu dürfen, tatsächlich zu erleben, was ich mir immer erhoffte.

Ein kleiner Augenblick nur, und doch war er so erfüllend, wie ein ganzes Leben.

Ein kurzes Leben voller Liebe, Zuneigung, Mitgefühl und inniger Freundschaft, ohne Fragen nach dem Warum.

Ich kostete es aus, habe jede Sekunde in mich aufgesogen und zu meinem Sein werden lassen.

Gelebt...

*

Doch jetzt?

Jetzt bin ich mit mir allein.

Die Sehnsucht nach dem Verlorenen brennt in mir wie ein Feuer, das mich zu vernichten bereit ist.

Allzu bekannte, elende Schmerzen zerreißen mich, Vergangenheit und Zukunft zerren an mir.

Mein Körper gleicht einem Roboter.

Wieder...

Die einstudierten Strukturen und Funktionen zeigen sich, kommen zurück, um sich wieder einzurichten und mich zu übernehmen.

Allein dieser Schmerz existiert.

Es tut weh.

So weh...

*

Ist es aber nicht so, dass ich noch immer lebe?

Fühlte ich sonst diesen Schmerz?

Behutsam beginnt die Erinnerung mich zu tragen.

Sie trägt mich ganz vorsichtig über den schlimmsten Schmerz hinweg und...

lässt mich lächeln.

*Und mit dem Lächeln kommt das wundervolle Gefühl
der Geborgenheit zurück.*

Zurück in meinen Körper, meine Seele.

Wärme erfüllt mich.

Das vertraute Gefühl, zu Hause zu sein.

Bei mir.

Ich weiß jetzt, dass es sie gibt.

Bedingungslose Liebe.

Ich weiß es und ich spüre sie.

Sie ist da.

*Sie war es für mich und das allein macht mich
glücklich.*

*Glücklich auch für all die, die diese Liebe erfahren
dürfen,*

glücklich für mich..

*

Draußen beginnt es zu regnen.

Ich muss hinaus.

Unbedingt!

Nur spärlich bekleidet spüre ich jeden einzelnen Tropfen auf meiner empfindsamen Haut.

Es ist unerwartet warm, so angenehm und verführerisch warm, dass ich mich dazu verleiten lasse, mit nackten Füßen auf die feuchte Wiese zu gehen und mich dann behutsam hinzulegen.

Jede noch so kleine Bewegung nehme ich ganz bewusst wahr.

Mit geschlossenen Augen richte ich meinen Kopf nach oben und nehme den immer stärker werdenden Regen in mir auf.

Ich habe das Gefühl, dass die Regentropfen zu meinem Lebenselixier werden.

All meine Sinne sind aktiviert.

Ich schmecke das reine Wasser, welches mich nährt.

Ich ertaste die jungen Halme des wachsenden Grases.

Ich atme die wunderbare Frische tief ein, um mich zu reinigen.

Meine Haut lechzt nach dem kühlen Nass und ich spüre mein Ich erneut in mir aufflammen.

Das gerade noch schmerzliche Brennen meiner Seele erweckt meinen geschundenen Körper zu neuem Leben.

Freude, Glück, Lust und Erwartung auf den nächsten Augenblick des Lebens werden durch die unbändige Laune der Natur entfesselt.

Ein Sturm kommt auf.

Ich kann seine sich aufbauende Kraft fühlen und spüre, er tut es nur für mich.

Er stärkt mich.

Er will es!

Ich will es!

Ich werde gewappnet sein.

Für die Dinge, die in mein Leben kommen.

Für Glück und Leid.

Für Liebe und Hass.

Für den nächsten Kampf.

Für das nächste Aufbäumen meiner Sinne.

Für den nächsten Schmerz...

Diana Hübner

Die Autorin

Diana Hübner wurde 1974 in Südthüringen geboren und lebt noch immer mit ihrer Familie in ihrem kleinen Heimatdorf in der Nähe des Rennsteiges.
Hauptberuflich ist sie Polizeibeamtin, Ehefrau und Mutter dreier Kinder.
Diana Hübner schrieb bereits in jungen Jahren Geschichten, Gedichte und kleine Theaterstücke und hat sich nunmehr mit ihren Romanen einen Kindheitstraum erfüllt.
Das aktuelle Werk „Wenn das Leben einfach passiert" ist bereits ihr siebter Roman.

Exposé

Eine unglaubliche Liebesgeschichte, gepaart mit Misstrauen, Unverständnis und äußerst gefährlichen Begegnungen. Isabellas vormals ruhiges Leben wird zu einer Achterbahnfahrt, der sie nicht entrinnen kann. Nicht mehr, als sie erfährt, wer sie wirklich ist und erkennen muss, dass die aufkeimende Liebe zu einem geheimnisvollen Mann zum Scheitern verurteilt ist.

Wenn das Leben einfach passiert

Prolog

Es war wie nach Hause kommen. Die Heimatstadt ihrer geliebten Eltern war einfach traumhaft schön. Nach so langer Zeit wieder in Rom zu sein, hinterließ in Isabella das Gefühl, eine lange Sehnsucht zu stillen und ihren Eltern wieder ein Stück näher zu sein.

Sie hoffte, nicht nur ihre Trauer zu überwinden, sondern auch ihren Schmerz darüber, vollkommen allein zu sein, ohne Familie, ohne irgendjemanden, der ihr Halt gab und Zuneigung.

Doch als sie durch einen ungewöhnlichen Zufall auf Matteo trifft, glaubt sie zunächst, die Liebe doch noch erleben zu dürfen.

Als sie schließlich entführt wird, beginnt für Isabella ein Verwirrspiel, welches sie unmöglich begreifen kann.

Sie muss nicht nur um ihr Leben, sondern auch um ihre vermeintliche Liebe fürchten...

Wenn das Leben einfach passiert

1

Die wärmenden Sonnenstrahlen strichen ihr sanft über das Gesicht, als Isabella das Terminal des Flughafens in Rom verließ. Für einen kurzen Moment schloss sie die Augen. So oft war sie als Kind hier gewesen und binnen weniger Augenblicke kam das vertraute Gefühl zurück. Sie nahm den Duft und die Klänge der Stadt in sich auf, als das Taxi kurze Zeit später am Gelände des Circus Maximus vorbeifuhr.

Isabella erinnerte sich, als sie mit ihren Eltern vor vielen Jahren das letzte Mal hier gewesen war. Es war ein wunderbar warmer Tag gewesen, es hatte Musik und einen riesigen Eiswagen gegeben. Ihre Mutter hatte ihr und ihrem Vater zugesehen, wie sie getanzt hatten und sich den Bauch so vollgeschlagen hatten, dass Isabella sich beinahe noch hatte übergeben müssen.

Sie musste lächeln, als sie daran zurückdachte. Sophia, ihre Mutter, hatte geschimpft, konnte aber ihrem Mann nicht wirklich böse sein, als er sie verlegen und verliebt zugleich ansah.

Isabella dachte oft an ihre Eltern, wie sehr sie sich geliebt hatten, welch eine unglaubliche Magie es zwischen den beiden gegeben hatte, welches Verständnis und welchen unbeschreiblichen Zusammenhalt. Schon als kleines Kind hatte sie diese Liebe gespürt und sie sich auch für sich gewünscht...

Doch plötzlich und vollkommen unerwartet tat sich wieder die Trauer wie eine unbezwingbare Wand vor ihr auf. Die schrecklichen Bilder, die sie seit damals versucht hatte zu vergessen, waren deutlicher denn je. Sie hatte damit rechnen müssen, als sie nach Rom zurückkam…

Der große schwarze Lieferwagen. Der laute Knall, als er ihren Vater traf. Die Schmerzen in ihrem Arm, als ihre Mutter sie schreiend von der Straße zog.

Das Gesicht ihres Vaters, welches gerade noch vor Glück gestrahlt und jetzt jegliche Mimik verloren hatte. Sein Körper war unnatürlich verschoben gewesen und die Blutlache, in der er lag, war von Sekunde zu Sekunde größer geworden.

Das bedrohliche Gefühl der Stille, das Isabella damals einfing und die grellen Schreie um sie herum verstummen ließ, kam auch jetzt zurück. Die folgenden Stunden, Tage und Wochen nach dem Unfall war Isabella in diesem Zustand der dunklen Stille geblieben. Sie hätte nicht beantworten können, ob sie schlief, aß oder ging. Sie hatte weder bemerkt, dass Sophia sofort mit ihr in die Wohnung gerannt war, noch, dass sie wenige Stunden später wieder in Deutschland gewesen waren. Nur ein Gedanke presste sich in die Dunkelheit. Ihr Vater würde niemals zurückkehren.

Sie war damals 5 Jahre alt.

Isabella versuchte sich zu beruhigen. Das Taxi war längst weitergefahren in Richtung Innenstadt. Sie musste dieses Gefühl der absoluten Dunkelheit aus ihrer Kindheit verdrängen, wenn sie die Zeit in Rom genießen und sich von den letzten, grauenhaften Wochen erholen wollte. Zum ersten Mal kam Isabella in den Sinn, dass sie sich vielleicht ein anderes Reiseziel hätte aussuchen sollen. Wie recht sie mit diesem Gedanken hatte, konnte sie jedoch zu diesem Zeitpunkt nicht erahnen.

*

Sie hatte sich eine kleine Ferienwohnung gemietet, die zu einem namhaften Hotel in der Via de Corso gehörte. Wie lange sie bleiben würde, wusste sie noch nicht. Als sie die Wohnung betrat, war sie so angenehm überrascht, dass sie das Gefühl hatte, hier wirklich wohnen zu können. Gleich im Eingangsbereich gab es ein kleines Wohnzimmer mit einer bequemen Couch. Die Einrichtung entsprach ganz Isabellas Geschmack. Ein kunstvoll verzierter Tisch und Stühle, ein antiker Schrank und ein großer Spiegel. Gut, auf den hätte sie verzichten können, denn jedes Mal, wenn sie sich im Spiegel ansah, hatte sie das Gefühl, ihr gesamtes, nicht gerade glücklich verlaufenes Leben in ihrem Gesicht ablesen zu können.

Eine kleine Nische beherbergte die ebenso hübsch eingerichtete Küche, gegenüber gab es einen Balkon, der auf den Hinterhof gerichtet war. Das allerdings machte ihn nicht weniger attraktiv, denn so hatte Isabella auch ein wenig Ruhe, wenn sie sie benötigte.

Das gemütliche Schlafzimmer lud sofort ein, sich auszuruhen. Und bevor sie es sich versah, lag sie schon auf dem großen Bett und schlief ein.

Erst das Geräusch des Fahrstuhls im Flur des Gebäudes ließ sie hochschrecken. Sie bemerkte, dass es bereits dunkel geworden war und langsam meldete sich auch ihr Magen. Sie hatte bei ihrer Ankunft ein kleines Restaurant gleich um die Ecke entdeckt. Das wäre jetzt eine sehr gute Idee.

So einen herrlichen Wein hatte Isabella schon seit langem nicht mehr getrunken. Und die Pizza, die sie genussvoll aß, erinnerte sie an die ihrer Mutter. Der Boden hauchdünn, belegt mit würziger Salami, Basilikum und zwei Sorten Käse…einfach ein Traum.

Beschwingt durch den Wein schlenderte sie anschließend über die wachgewordene Via de Corso. Nicht, dass es hier nicht bei ihrer Ankunft am Mittag schon vor Menschen nur so gewimmelt hatte. Jetzt hatten sich aber noch all die Künstler, die in der Stadt ihren Lebensunterhalt verdienten, herausgewagt und begeisterten die staunende Menge. Es wurde gesungen, getanzt, gemalt und kleine Theaterstücke wurden aufgeführt. Das Nachtleben in Rom hatte begonnen und Isabella konnte sich ihm nicht entziehen. Die Abendsonne tauchte die ewige Stadt in ein unglaublich schönes Licht, Musik klang von überall her und ließ die Straßen lebendig werden. Isabella hatte sich lange nicht mehr so wohl gefühlt. Dieser erste Abend hatte ihr mehr Glücksgefühle beschert, als sie es sich hätte wünschen können.

Sie konnte nicht sagen, ob es an dem Wein lag, dass sie sich so berauscht fühlte oder einfach nur daran, dass sie endlich wieder sie selbst war.

2

Als sie am Morgen erwachte, huschte ihr beim Gedanken an die letzte Nacht ein Lächeln über die Lippen. Es ging ihr seit langem gut, sie konnte beginnen, die Vergangenheit hinter sich zu lassen und neu anzufangen…dachte sie zumindest.

Nach einer Tasse Kaffee schlenderte sie durch die Straßen der Stadt und war erstaunt über die vielen Menschen, die sich noch immer überall tummelten. Scheinbar kam diese Stadt nie zur Ruhe. Am Trevi-Brunnen warfen Kinder und Erwachsene Geld in das türkisfarbene Wasser in der Hoffnung, dass sich ihre Wünsche erfüllten. Vielleicht sollte Isabella das auch tun. Es konnte zumindest nicht schaden. Sie schloss die Augen. Und mit einer ungewöhnlichen Aufgeregtheit wünschte sie sich, was sie sich immer wünschte…Liebe, Glück und inneren Frieden. Verträumt schaute sie dem Wasser bei seinem Spiel zu, den Menschen, die teilweise für einen Moment verharrten und es ihr gleichtaten, den Kindern, die immer wieder ihre Hände in den Brunnen hielten und den Anwohnern, die dieses Spektakel Tag für Tag ertrugen und sich dabei lächelnd zurücklehnten.

Noch hatte sich Isabella keine Gedanken darüber gemacht, wie sie den Tag verbringen wollte. Als sie später auf der Spanischen Treppe saß und sich ein wenig umsah, kam sie sich vor wie vor vielen Jahren…sie saß als kleines Mädchen ebenfalls hier. Ihre Mutter neben ihr mit einem Stück Pizza, von dem sie Isabella immer wieder abbeißen ließ. Wenn sie sich recht erinnerte, war ihr Vater dabei, etwas zum Trinken zu kaufen und gesellte sich wenig später zu ihnen. Am Abend waren sie in ein schickes Restaurant gegangen und sie hatte ein großes Stück Schokoladenkuchen gegessen.

Isabella lächelte bei dem Gedanken daran und wusste in diesem Moment, wo sie den Abend verbringen würde. Vieles hatte sich in der Stadt verändert, an vieles konnte sie sich nicht mehr erinnern, aber die Verbundenheit, die Isabella mit Rom verspürte, würde nicht nachlassen.

Unweit ihrer kleinen Wohnung gab es eine kleine Bar, die: „La Luna" - Der Mond hieß. Isabella fand diesen Ort so einladend, dass sie beschloss, nach dem Abendessen dort noch einmal einzukehren.

Das Ambiente war wundervoll. Urige Dielen und Decken aus dunklem, angeflammtem Holz, riesige Weinfässer und unzählige alte Bilder luden jeden Besucher ein, hier eine Weile zu bleiben und zu entspennen.

Isabella hatte den alten Mann in der hinteren Ecke des kleinen Gastraumes erst gar nicht bemerkt. Sie saß im Freien, genoss ihren Wein und die herrliche Abendluft.

Die Bar befand sich in einer kleinen Gasse und das gegenüberliegende Gebäude erregte Isabellas Aufmerksamkeit. Es schien unbewohnt. Die Fenster der unteren Etage waren mit Brettern zugeschlagen, um das Haus vor Vandalismus zu schützen. Bei näherem Hinschauen konnte sie ein altes Schild erkennen. Sie stand kurz auf, um es sich anzusehen: Sanatorio Gabriella.

Ein altes Sanatorium also. Je mehr sie sich das Gebäude ansah, desto mehr interessierte sie dessen Geschichte. Irgendwie kam es ihr bekannt vor, aber sie konnte sich beim besten Willen nicht daran erinnern, warum. Als Isabella die Bar wieder betrat, saß der alte Mann gerade mit dem zusammen, der sie zuvor bedient hatte. Sie waren sehr vertraut miteinander und wenn sich Isabella nicht allzu sehr täuschte, waren die beiden Vater und Sohn. Der Alte tippte seinem Sohn auf die Schulter, um ihn auf Isabella aufmerksam zu machen. Sie nickte freundlich zurück und nahm an einem kleinen Tisch Platz.

Doch plötzlich verfinsterte sich die Miene des Alten. Er musterte Isabella und konnte auch dann den Blick nicht von ihr lassen, als sich sein Sohn nach Aufnahme der Bestellung wieder zu ihm setzte. Auch sie bemerkte den Blick des Alten, der gleichzeitig nachdenklich und verwirrt wirkte. Es war ihr etwas unangenehm und sie versuchte, nicht auf ihn zu achten, aber als sein Sohn auf sie zukam und ihr mit dem Glas Wasser auch gleichzeitig die Aufforderung überbrachte, sich zu dem alten Mann zu gesellen, blieb ihr nichts anderes übrig, als sich mit ihm zu beschäftigen.

Als sie Platz nahm und nach dem Grund für seine Bitte fragen wollte, huschte ihm ein Lächeln über die Lippen. Er stellte sich ihr als Pietro vor, den Herrn des Hauses, der aufgrund seines hohen Alters von 93 Jahren jetzt doch lieber seinem Sohn, der allerdings ebenfalls in die Jahre gekommen war, das Arbeiten in der Bar überließ. Isabella musste lachen und das Eis war gebrochen. Pietro sprach ein so reines Italienisch, dass sie keine Mühe hatte, ihm zu folgen. Innerhalb der nachfolgenden Minuten erzählte er von seiner Familie, seiner Frau, die bereits verstorben war, von seinen vier Kindern, von denen ihm nur Luca als Hilfe und Unterstützung

geblieben war. Seine beiden anderen Söhne und seine Tochter waren auf ganz Italien verteilt und er bekam sie nur selten zu Gesicht.

„Weißt du, Luca und seine wunderschöne Gattin Mona haben das „La Luna" übernommen und mich gleich mit. Ich bin sehr dankbar dafür. So verbringe ich meinen Lebensabend in dem Gebäude, in dem ich geboren wurde, sitze jeden Abend hier unten bei den Gästen in der Bar, die ich mit meiner Frau aufgebaut habe, und erzähle den Leuten, die sie hören wollen, alle möglichen Geschichten."

Isabella mochte ihn. Er war ihr sympathisch, obwohl sie sein Blick am Anfang ihrer Begegnung schon sehr irritiert hatte.

Als sie ihn darauf ansprach, hielt er kurz inne und wiegelte dann sehr schnell ab: „Du darfst einem alten Mann nicht übelnehmen, dass er beim Anblick einer jungen Frau ein wenig entgeistert dreinschaut."

Mit einem breiten Grinsen versuchte Pietro seiner Aussage Nachdruck zu verleihen. So ganz glaubte Isabella ihm nicht, aber es würde wohl nicht viel Sinn machen, näher darauf einzugehen.

Nun begann Pietro Isabella nach ihrem Leben zu befragen. Zuerst war es ihr etwas unangenehm, aber schon nach dem zweiten Glas Wein wirkte ihre Zunge gelöster und sie erzählte ihm, was sie nach Rom verschlagen hatte.

Pietro hörte aufmerksam zu, als Isabella von ihrer schweren Zeit in Deutschland berichtete, der Einsamkeit im beruflichen und im privaten Leben. Ihr Job als Rechtsanwaltsgehilfin war nicht so interessant und zuweilen auch sehr trocken und wenig ereignisreich. Die langjährige Beziehung zu Thomas, den Isabella als ihre große Liebe bezeichnet hatte, war daran kaputt gegangen, dass sie sich zu sehr um ihre kranke Mutter und weniger um die Bedürfnisse ihres Freundes gekümmert hatte. Es war selbstverständlich für sie gewesen und er war an ihrer Seite und hatte sie unterstützt, doch als ihre Mutter starb, verließ Thomas sie. Es war ein harter Schlag für sie gewesen. Enttäuschung, Verletzung, Schmerzen über den Verlust ihrer Mutter und den vermeintlich einzigen Halt in ihrem Leben. Es fühlte sich an wie Sterben...als sie schließlich herausfand, dass Thomas neben ihr auch andere Frauen hatte. Es dauerte viele Monate, bis Isabella erkannte, dass sie ihr Leben wieder in die eigenen Hände nehmen und etwas ändern musste.

Um sich selbst etwas abzulenken und auch Pietro nicht länger mit ihren vergangenen Problemen zu belästigen, fragte sie ihn nach dem alten Gebäude gegenüber. Es hatte ihre Aufmerksamkeit erregt, warum, konnte sie nicht sagen, aber es interessierte sie irgendwie.

„Das, meine Liebe, sollten wir ein anderes Mal besprechen", antwortete Pietro ruhig. Es war spät geworden und der Alte verabschiedete sich, aber nicht, ohne ihr das Versprechen abzunehmen, ihn so oft wie möglich zu besuchen.

Isabella war noch immer aufgewühlt, als sie in ihrem Bett lag. Einem fremden alten Mann über sich zu erzählen war so ungewöhnlich wie beruhigend für sie gewesen. Der Nachteil war, dass sich ihr Unterbewusstsein erneut mit den Dingen befasste, die sie versuchte zu vergessen.

In memory of the strong and big, but painfull, love

3

Ausgeruht und voller Energie stand Isabella am nächsten Morgen auf. Sie nahm sich vor, nach einem starken Kaffee weiter auf Erkundungstour durch die Stadt zu ziehen.

Ihr Weg führte sie über die Via del Corso entlang des Tibers an der Engelsburg vorbei in Richtung Via Crescenzio. Sie beobachtete die Straßenkünstler, die mit ihren Tricks die vorbeikommenden Menschen begeisterten, betrachtete die wunderschön angelegten Parks und nahm sich die Zeit, sich mit einem Kaffee auf eine Bank zu setzten und die Atmosphäre zu genießen.

Isabella befand sich in der Nähe des Vatikans und auch, wenn sie es nicht unbedingt mochte, mit vielen Menschen durch die Räumlichkeiten des Petersdoms und der Sixtinischen Kapelle geschoben zu werden, verspürte sie dennoch Lust, sich von der unglaublichen Geschichte einfangen zu lassen.

Die Mauern des Vatikans ragten majestätisch vor Isabella auf und allein dieser Anblick beeindruckte sie. Sie konnte sich nicht erinnern, ob sie als Kind bereits hinter die Mauern des Vatikans hatte blicken dürfen. Viele Erinnerungen an Rom waren verblasst, nur die Erzählungen ihrer Eltern, speziell die ihrer Mutter, hatten ihr das Gefühl vermittelt, bereits alles zu kennen.

Schon als sie die Eingangshalle des Vatikanmuseums betrat, war Isabella überwältigt. Die unzählig vielen Touristen störten sie nicht mehr. Sie lauschte der Stimme ihres Audioguides und begab sich auf ihre eigene Reise durch die Geschichte des Vatikans. Der kleinste und gleichzeitig reichste Staat der Welt hatte sein ganz eigenes Flair. Fast war man versucht daran zu zweifeln, dass dieser Staat im Herzen der Hauptstadt Italiens seine Berechtigung hatte…zumal es den Römern wohl ähnlich zu ergehen schien, hörte man ihnen aufmerksam zu. Angesichts der unfassbar zahlreichen Reichtümer, die allein im öffentlich zugänglichen Teil des Vatikans zu finden waren, stellte sich die Frage, ob man damit nicht tatsächlich anders umgehen und sie gemeinnützig verwenden und nutzen könnte. Eine wahnsinnig umfangreiche Galerie an Gemälden, Wandteppichen und Kunstwerken säumte die Gänge und ließ jeden einzelnen Besucher in längst vergangene Zeiten eintauchen.

Als Isabella in die ehemaligen Privatgemächer von Papst Paul V. eintrat, war sie beeindruckt und gleichzeitig verwirrt. Gemälde großer Künstler, die dem Papst geschenkt worden waren, hingen in der Küche, dem Aufenthaltsraum und den Fluren. Unglaublich, zumal diese Bilder nicht einmal zusätzlich gesichert und für jeden frei zugänglich waren.

Vertieft in die Betrachtung der Kunstschätze bemerkte sie nicht, wie sich ein Mann an ihr vorbeischob.

*

Die Stille in der Sixtinischen Kapelle war angenehm. Keiner der Anwesenden konnte den Blick von Michelangelos Deckenfresko zur Entstehung der Schöpfungsgeschichte lassen. Auch Isabella war fasziniert und ließ sich von den vielen einzelnen Szenen und den ungewöhnlichen Farben einfangen. Doch nicht nur die Fresken und Gemälde wurden bestaunt, auch sie wurde beobachtet…

Es war sehr warm an diesem Tag und Isabella war dankbar, nach dieser beeindruckenden Reise in die Geschichte des Heimatlandes ihrer Mutter auf dem Petersplatz einen Trinkbrunnen gefunden zu haben. Sie trank aus ihren Händen, benetzte ihr Gesicht und wollte gerade nach einem Tuch in ihrer Tasche suchen, als ihr ein junger Mann ein Taschentuch reichte. Isabella schaute auf und wollte sich bedanken, doch sie war gezwungen innezuhalten. Sie versank in blaue Augen, die es ihr für einen Augenblick lang unmöglich machten, etwas zu sagen. Sie hatte das Gefühl, diese Augen zu kennen, die Sehnsucht in ihnen, die Vertrautheit und den kurzen Blick in eine liebevolle und sensible Seele. Es fühlte sich an, als ob diese Augen das Tor zu ihrer eigenen Seele wären. Alles um sie herum schien zu verschwimmen und gleichzeitig ganz klar und deutlich zu werden. Ungewöhnlich viele Farben begannen in den Augen dieses Mannes zu tanzen und Isabella gefangen zu nehmen in einem Raum voller Leichtigkeit, Glück und Frieden.

Keiner der beiden konnte sagen, wie lange sie so dagestanden und sich angeschaut hatten. Es war auch nicht nötig zu fragen, ob sie zusammen einen Kaffee trinken gehen wollten, sie taten es einfach. Isabella und Matteo, so hieß der junge Mann, saßen sich in einem gemütlichen Cafe´ gegenüber und sahen erst auf, als eine Frau ihre Bestellung aufnehmen wollte.

Matteo hatte eine klare, beruhigende Stimme. Seinem Italienisch klang ein leicht englischer Akzent bei und genau wie seine Augen faszinierte auch der Isabella. Man fühlte sich in seiner Gegenwart sofort aufgehoben und beschützt. Bis zu diesem Zeitpunkt hatte sie nicht gespürt, wie gut es tat, sich bei einem Mann so geborgen zu fühlen.

„Ich hoffe, du magst Espresso?", fragte Matteo und zwinkerte.

„Sehr gerne", gab Isabella zu.

„Darf ich fragen, wie du heißt, wo du herkommst und warum ich dich nicht schon viel früher kennengelernt habe?"

Matteos Art überraschte Isabella. Auch wenn sie es amüsant fand, war sie dennoch ein wenig skeptisch. Das hielt sie aber nicht davon ab, ihm zu antworten. Er hörte ihr aufmerksam zu, beobachtete jede Geste von ihr und verlor sich in ihrer Mimik.

Plötzlich lachte er auf.

„Tu das noch einmal, bitte!"

„Was?", fragte sie verwundert.

„Es ist einfach zauberhaft, wenn du deine Augen verdrehst, bitte tu es noch einmal."

Isabella musste lachen. Bisher hatte ihr noch niemand gesagt, dass es offenbar lustig aussah, wenn sie die Augen verdrehte. Erst jetzt fiel ihr auf, warum sie das eigentlich getan hatte. Sie hatte kurz, wirklich ganz kurz, ihre vergangene Beziehung angesprochen und dass diese ein Grund dafür gewesen war, überhaupt nach Rom zu kommen. Scheinbar hatte sie endlich damit abgeschlossen, machte sich offensichtlich sogar ein wenig darüber lustig, was ihr zugestoßen war, und ein wenig erfüllte sie das mit Stolz.

Sie tat Matteo den Gefallen und der amüsierte sich köstlich. Er nahm ihre Hand, sah ihr tief in die Augen und die Worte, die er nicht aussprach, entführten Isabella in eine andere Welt. Die Energie, die zwischen den beiden floss und fast spürbar knisterte, bemerkten selbst die Gäste um sie herum. Sie nahmen es mit einem Lächeln zur Kenntnis, wieder schien sich ein junges Paar zu finden und das wunderbare Gefühl der Liebe zu erleben.

Auch die beiden bemerkten, was mit ihnen geschah, auch wenn sie es nicht verstehen konnten. Isabella las in den blauen Augen dieses fremden Mannes wie in einem offenen Buch, ihre Seelen vereinten sich in den wenigen Stunden, die sie sich kannten.

Sie liefen zusammen durch die Stadt, redeten über Dinge, die sie mochten, über Dinge, die sie sahen und Dinge, die sie beschäftigten. Am Abend fanden sie sich in einem Restaurant wieder, welches nicht weit von Isabellas Wohnung entfernt war. Viel von Matteos Leben wusste Isabella noch nicht, also fragte sie ihn.

„Was tust du, wenn du nicht gerade mit alleinstehenden Frauen flirtest?"

Matteo lachte.

„Ob du es glaubst oder nicht, ich flirte normalerweise nicht einfach so mit Frauen. Ehrlich gesagt ist es das erste Mal, dass ich so auf eine Frau zugegangen bin. Ich habe dich bereits in der Sixtinischen Kapelle gesehen und als ich dich glücklicherweise am Brunnen wiedersah, musste ich dich einfach ansprechen. Du hast mich sofort fasziniert. Ich kann es nicht anders beschreiben. Aber ich kann überhaupt nichts dafür. Du standest da…erst in der Kapelle, vollkommen gefangen in der unbeschreiblichen Schönheit der Kunst…dann am Brunnen, mit deinem hübschen Gesicht, welches du gerade mit Wasser benetzt hattest…"

Isabella legte den Kopf ein wenig schief, schaute ihn etwas ungläubig an und entlockte Matteo damit erneut ein hübsches Lächeln.

„Du behauptest also, es war alles meine Schuld? Weil ich da stand, in der Kapelle, am Brunnen? Einfach nur dastand?"

„Stimmt!", sagte Matteo sehr überzeugend.

„Du bist schuld, dass ich mich sofort in dich verliebt habe, weil du dagestanden hast!"

Isabella zuckte zusammen. Hatte er gerade wirklich gesagt, er hätte sich in sie verliebt?

„Matteo, nein, das ist sicher etwas zu übertrieben." Sie war etwas verlegen und ihm entging das nicht.

„Du hast recht, es hört sich übertrieben an, aber ich kann es momentan nicht anders in Worte fassen. Es tut mir leid, aber ich empfinde es genauso. Auch wenn..." Er verstummte.

Isabella sah ihn fragend an, doch sie traute sich nicht, etwas zu sagen. Sie spürte einen Stich in der Brust, zaghaft, ein Zweifeln, etwas, was sie nicht deuten konnte.

Nur wenige Sekunden später sah Matteo sie wieder an. Sein Blick ließ sie erahnen, dass es etwas gab, was er nicht sagen wollte oder konnte, aber auch, dass er ihr seine wahren Gefühle offenbarte.

Es fiel Isabella nicht schwer, ihm zu vertrauen. Eine solche Anziehungskraft und Zuneigung zu einem Mann hatte sie nie zuvor in ihrem Leben erfahren. Und sie verspürte auch kein Verlangen, darüber nachzudenken oder etwas zu hinterfragen, sie wollte es einfach genießen. Ohne Netz und doppelten Boden, einfach leben und erleben, was die Begegnung mit Matteo für sie bereithielt.

„Woher kommst du und was führte dich heute in den Vatikan?"

Isabella versuchte, Matteo etwas abzulenken und so ein wenig über ihn zu erfahren.

Er lächelte und stand Rede und Antwort. In einem kleinen Dorf in der Nähe von Crotone / Kalabrien wurde er als einziger Sohn seiner Eltern geboren. Eine Zeit lag hatte es ihn dienstlich nach England verschlagen. Jetzt lebte er aber in Rom. Immer wieder suchte er Augenkontakt und nahm Isabellas Hand.

Isabella lächelte ihn an. Sie hatte Mühe, nicht in seinen Augen zu versinken.

„Warum hat es dich nach Rom verschlagen?", fragte sie, mehr um sich wieder darauf zu konzentrieren, was Matteo sagte und nicht darauf, was er mit ihr machte.

„Die Arbeit. Du weißt sicher, wie das ist. Aber reden wir nicht mehr von mir. Leider muss ich in ein paar Minuten gehen, aber ich würde dich gerne wiedersehen. Darf ich dich zum Essen einladen? Vielleicht morgen Abend?"

Isabella schaute auf die Uhr und bemerkte, dass es bereits spät geworden war. Natürlich würde sie gerne mit ihm essen gehen.

„Treffen wir uns gegen acht im Il Gastillo? Kennst du es?"

Matteo überlegte kurz und nickte.

„Ja, ich kenne es. Darf ich dich noch ein Stück begleiten?" Die beiden liefen nebeneinander her. Immer wieder trafen sich ihre verlegenen Blicke und sie kamen sich vor wie Teenager, die sich ineinander verliebt hatten. Ein wunderbares Gefühl…

Zum Abschied umarmten sie sich. Keiner wollte sich aus dieser Umarmung lösen, doch als es Matteo schließlich doch tat, ließ er Isabellas Hand nicht los. Er schaute sie an und schüttelte den Kopf, als würde er einen Gedanken verscheuchen wollen oder nicht verstehen, was gerade geschah.

„Bitte gib mir deine Telefonnummer. Ich halte es vermutlich nicht aus bis morgen Abend, ohne zumindest von dir zu hören…"

Es war nahezu unmöglich, Matteos Bitte, verbunden mit dem Blick eines kleinen Kindes zu widerstehen.

4

Kaum hatte Isabella die Wohnungstür aufgeschlossen, vibrierte das Handy in ihrer Tasche.

Eine unbekannte Nummer. Sie nahm ab und meldete sich.

„Ich wollte einfach nur noch einmal deine Stimme hören", flüsterte Matteo am anderen Ende.

Isabella lachte laut los.

„Du bist einfach unglaublich", sagte sie.

„Du bist es!", antwortete er, „ich kann es nicht erwarten, dich morgen Abend wiederzusehen. Ich freue mich auf dich."

„Mir geht es genauso. Ich danke dir für diesen schönen Nachmittag", meinte Isabella ehrlich.

„Es tut mir sehr leid, dass ich noch einen Termin habe. Ich hätte gerne auch heute mehr Zeit mit dir verbracht." Matteo klang traurig.

„Wenn es dir nichts ausmacht, würde ich mich später noch einmal melden, ja?"

„Natürlich", antwortete sie.

Nach einem entspannten Bad entschied Isabella, sich eine Kleinigkeit zum Essen zu machen. Beschwingt tanzte sie in ihrer Küche umher, warf Gemüse in die Pfanne und schenkte sich ein Glas Wein ein. Pietro hatte ihr die Flasche mitgegeben mit der Bitte, ihn zu probieren. Er hatte ihr erzählt, dass er den Wein selbst angebaut und abgefüllt hatte. Es war sein Hobby und Isabella musste zugeben, dass ihr dieser fruchtig-herbe Tropfen ausgezeichnet schmeckte. Er passte auch sehr gut zu ihrem Gemüse und sie nahm sich vor, später noch bei Pietro vorbeizuschauen. Sie setzte sich auf ihre kleine Terrasse und genoss den herrlich warmen Abend. Bisher war kaum eine Minute vergangen, in der sie nicht an Matteo gedacht hatte. Er war dafür verantwortlich, dass es Isabella so unglaublich gut ging. Nachdem sie gegessen hatte, ging sie zu ihrem Schrank, um sich etwas zum Anziehen zu suchen. Dabei bemerkte sie, dass ihr Handy auf der Kommode wild blinkte. Hatte Matteo etwa schon angerufen?

Schnell schaute sie nach und stellte fest, dass er ihr schon mehrere Nachrichten gesendet hatte. Sie war aufgeregt wie ein kleines Kind, als sie die erste Nachricht öffnete…

Matteo;

20:51

„Ich vermisse dich!"

20:53

„Ich weiß, wie komisch sich das anhört, aber du hast mich einfach umgehauen!"

20:55

„Ich kann es nicht erklären. Du bist daran schuld!"

20:56

„☺ du hast einfach dagestanden. An dem Brunnen. Ich habe dich gesehen und es hat mich erwischt."

20:57

„Ich habe das noch nie vorher erlebt. Nicht so."

21:00

„Es gibt sie, die Liebe auf den ersten Blick!"

Isabella legte das Handy beiseite. Ihr Herz schlug wie wild. Sie war verwirrt. Alles kam ihr so unwirklich vor. Es ging alles so schnell. Es war ein wunderschönes Gefühl, aber gleichzeitig machte es ihr Angst. Sie hatte diesen Mann erst am Mittag kennengelernt. Doch sie musste zugeben, es ging ihr genau so, wie er es beschrieb. Es könnten ihre Worte sein, ihre Gedanken.

Sie nahm ihr Handy wieder in die Hand.

Isabella;

21:13

„Matteo, bitte sag so etwas nicht. Wir kennen uns kaum. Liebe ist ein großes Wort, viel größer als meine Vorstellungskraft, so komplex und vielschichtig..."

Lange schwebte Isabellas Finger über dem SENDEN-Button. Als die Nachricht schließlich verschickt wurde, bereute sie es sofort wieder. Vielleicht hatte sie damit alles zerstört? Eine Romanze, die aufgekeimt war, sofort erstickt, weil sie ihre Bedenken in den Vordergrund gestellt hatte. Ihr Verstand wieder einmal die Kontrolle über ihre Gefühle übernommen hatte...

Warum, um Himmels Willen, konnte sie nicht einfach auf ihren Bauch hören? Warum musste sie immer alles anzweifeln? Konnte sie sich nicht einfach mal nur und tatsächlich ausschließlich von ihren Gefühlen leiten lassen?

Sicher, das hatte sie auch bei Thomas getan und war mächtig enttäuscht worden. Dieser Schmerz damals hatte den Verlust ihrer Mutter so extrem potenziert, dass sie sich mehr tot als lebendig gefühlt hatte. Die letzte Hoffnung auf einen Ort, an dem alles gut war, auch wenn die Welt um sie herum zerbrach, war mit der Trennung von Thomas endgültig zerstört worden.

Isabella versuchte die Gedanken an diese schreckliche Zeit aus ihrem Kopf herauszubekommen. Es war vorbei, nicht mehr zu ändern. Es gab nichts, was sie selbst hätte tun können, um das alles rückgängig oder ungeschehen zu machen. Nicht die Trennung, nicht den Tod ihrer Mutter, nicht den ihres Vaters, als sie ein Kind gewesen war.

Isabella ging zurück auf die Terrasse. Tief durchatmend setzte sie sich auf den kleinen Stuhl und beobachte den Nachthimmel. Vielleicht wäre es gut, jetzt zu Pietro hinüberzugehen. Das würde sie ablenken. Pietro würde es tun. Sie mochte ihn einfach zu sehr.

Ihr Handy vibrierte. Erschrocken starrte sie es an. Es konnte nur Matteo sein.

Mit zitternden Händen öffnete sie die Nachricht:

Matteo;

21:40

„Du hast recht. Das hast du wirklich. Nur empfinde ich es im Moment einfach genau so…tut mir leid."

21:41

„Wie geht es dir, meine Schöne?"

Isabella schüttelte den Kopf und begann zu lachen. Matteo hatte es wirklich geschafft, ihr alle Zweifel zu nehmen…einfach so.

Sie sah aus dem Fenster. Der Mond tauchte den Abendhimmel in ein traumhaftes Licht. Die Rottöne waren unbeschreiblich…

Isabella;

21:42

„Du bist einfach unglaublich. Jetzt geht es mir wieder gut. Danke. Wie geht es dir?"

Matteo;

21:43

„Mir geht es sehr gut. Ich sitze jetzt hier in meinem Zimmer, unendlich weit weg von dir und stelle mir einfach vor, bei dir zu sein. Dich einfach anzuschauen, das Farbenspiel deiner Augen zu beobachten, wenn du lachst oder deine Augen verdrehst…`

Isabella;

21:44

„Ich weiß nicht was ich sagen soll…"

Matteo;

21:45

„Schreibe mir einfach, was du fühlst."

Und das tat sie, während sie in die Nacht sah…

Isabella;

21:47

„Wie sieht dein Himmel aus?"

Matteo;

21:48

„Mein Himmel ist fast genauso schön wie du. Er lässt mich träumen, ohne nachdenken zu müssen…"

Isabella;

21:49

„Mein Himmel ist dunkel und mystisch…so wie du. Er ist jedoch gleichzeitig leuchtend rot, durchflutet von weißen Strahlen, die mir Hoffnung geben…Dich heute kennengelernt zu haben, ist das größte Geschenk seit langer Zeit. Ich weiß noch nicht, wie ich damit umgehen soll…ich habe so etwas ebenfalls noch nicht erlebt und ehrlich gesagt, kann ich mir nicht wirklich vorstellen, dass ausgerechnet mir so etwas passieren soll…dass du in mein Leben getreten bist, welches ich gerade versuche, wieder neu zu ordnen, entzieht sich ein wenig meiner Vorstellung. Es fühlt sich an wie ein Traum, der wahr werden könnte…ich würde es gerne einfach zulassen, egal, was mein Verstand mir sagt…"

Ohne zu überlegen, schickte Isabella die Nachricht ab. Es tat gut, ohne den Kopf zu agieren.

Matteo;

21:50

„Es ist fast so, als wärst du in meinem Kopf. Deine Worte hätten auch meine sein können…es ist müßig, es erklären zu wollen. Wie sollte man auch erklären wollen, was man empfindet? Du gibst mir dieses wahnsinnig gute Gefühl, welches ich nicht anders beschreiben kann…

Matteo;

21:52

„Ich kann dich spüren, wenn ich die Augen schließe. Ich sehe dich vor mir. Dein Duft…"

Isabella starrte auf Matteos Nachricht. Langsam setzte sie sich auf ihr Bett und ließ sich vorsichtig in die Kissen sinken. Sie schloss die Augen.

Alles erschien ihr in den schönsten Farben. Ihre gesamten Empfindungen verschmolzen in einer bunten Welt aus warmen Farben, umrahmt von grünen und blauen Wellen, die sich unaufhörlich auf und ab bewegten. Er kam ihr entgegen… Ihre Hände berührten sich und lösten in ihren Körpern einen angenehm prickelnden Adrenalinrausch aus, der sie elektrisierte…jede weitere Berührung wirkte wie ein kleiner Stromschlag, der sich entlud, nur um sofort wieder neue Spannung aufzubauen…

Matteo;

22:01

„Es ist magisch, du bist unglaublich…"

Isabella öffnete kurz die Augen, um die Nachricht zu lesen. Die Angst, den Moment nicht mehr einfangen zu können, war völlig unbegründet. Dass Matteo sie ebenso bei sich spürte, wie sie ihn, versetzte sie noch tiefer in einen tranceähnlichen Zustand.

Sie blickten sich in die Augen. Sie gaben den Weg zu ihnen, in ihre Seelen frei. Isabella sah Liebe, tiefe Liebe und Sehnsucht und den unbändigen Wunsch, diese Liebe zu teilen, zu geben, auszuleben…seine schmalen Lippen öffneten sich und suchten den Weg zu ihren. Die erste zaghafte Berührung ließ beide erzittern. Doch je inniger und fordernder ihre Küsse wurden, desto vertrauter wurden sie einander.

Matteo;

22:08

„Was machst du nur mit mir?“

Isabella;

22:08

„Scht…bitte lass die Augen zu, nur noch ein bisschen…“

Matteo;

22:09

„Spürst du mich?“

Isabella;

22:09

„Ja…“

Seine Hände fuhren durch ihr Haar, seine Küsse wanderten an ihrem Hals hinab zu ihrer Schulter. Ihr Körper vibrierte und seine Arme umfingen sie. Ihre Seelen vereinten sich miteinander und ihre Körper taten es ihnen gleich.

Matteo;

22:12

„Ich kann dich nicht mehr loslassen, ich möchte dich ganz nah bei mir spüren. Ich fühle deine nackte Haut auf meiner, alles ist so wunderbar neu…"

Isabella

22:14

„Wie geht das? Ich begreife es nicht…bitte hör nicht auf…"

Matteo;

22:15

„Mein Gott…"

Sie bekamen nicht genug voneinander. Das faszinierende Liebesspiel wurde immer intensiver, rasanter, aufregender. Sie liebten sich auf einer Ebene, die sie beide niemals erlebt hatten. Aus den anfänglichen kleinen Stromstößen hatte sich eine unglaublich spannungsgeladene Energie aufgebaut. Es gab absolut keine Möglichkeit, diesem magischen Moment zu entkommen…die Sehnsucht nacheinander vereinte sie…bis sich die aufgebaute Spannung in einem gleichzeitigen, befreienden Aufschrei entlud.

Glücklich lagen sie aneinandergekuschelt nebeneinander…Isabella in ihrem und Matteo weit entfernt in seinem Bett.

Nach einigen Minuten überschlugen sich die Nachrichten der beiden.

Isabella;

22:35

„Ich bin überwältigt…"

Matteo;

22:36

„Es war einfach unbeschreiblich. Überirdisch, wundervoll…"

Isabella;

22:38

„Ich kann unmöglich jetzt schlafen..."

Matteo;

22:39

„Ich auch nicht. Wie geht es dir?"

Isabella;

22:41

„Ich lebe…es geht mir wunderbar. Mein ganzer Körper vibriert noch immer, ich kann es weder beschreiben noch erklären und ich will es auch gar nicht. Wie geht es dir?"

Matteo;

22:44

„Mir ging es noch nie besser, wirklich noch nie. So intensiv habe ich Sex noch nie empfunden…und faktisch liege ich allein hier in meinem Bett. Ich weiß nicht, wie so etwas geschehen kann, aber ich bin so unendlich dankbar für diese Erfahrung und dieses Erlebnis. Ich bin dankbar für dich!"

Einige Zeit und unzählige Nachrichten später schliefen sie ein, in Gedanken an den anderen, in Erinnerung an die wahnsinnig romantische gemeinsame Nacht, die, realistisch gesehen, keine gemeinsame gewesen war.

5

Als Isabella am nächsten Abend das Restaurant betrat, war sie extrem nervös und aufgeregt. Die letzte Nacht hatte sie den ganzen Tag über nicht losgelassen.

Das Ambiente des Restaurants lenkte sie ein wenig ab. Es war gemütlich und trotzdem machte es einen hochwertigen Eindruck. Ihr war es aufgefallen, weil es bisher an jedem Abend gut besucht gewesen war, als sie vorbeigelaufen war. Jetzt wusste sie, warum. Es gab verschiedene Bereiche und Themen. Man konnte sich entweder an einem sehr reichhaltigen Buffet bedienen, sich etwas von mehreren Angeboten bestellen oder sich sogar in einer Privatlounge niederlassen und bedienen lassen.

Isabella entdeckte Matteo und sofort erhöhte sich ihr Herzschlag. Er saß auf einem Ledersofa, vor dem ein zauberhaft gedeckter Tisch mit Kerzen stand. Er telefonierte und sah etwas angespannt aus. Als er sie sah, änderte sich sein Gesichtsausdruck jedoch sofort und er begann zu strahlen. Er legte das Handy weg und kam auf sie zu. Matteo war ein äußerst attraktiver Mann und selbst sein Gang faszinierte Isabella. Er war einfach, aber stilvoll gekleidet, was ihr sehr gefiel. Als er bei ihr war, sie anschaute und ihre Hände nahm, spürte sie sofort wieder seine Wärme und Herzlichkeit.

„Du bist wunderschön. So unglaublich natürlich und bezaubernd."

Matteo hauchte Isabella einen Kuss auf die Wange. Sie konnte es nicht beschreiben...aber allein dieser zarte Kuss versetzte sie in ein Glücksgefühl. Sie mochte gar nicht daran denken, was mit ihr geschehen würde, würde er sie tatsächlich so berühren wie letzte Nacht. Ein neckisches Lächeln huschte ihr über die Lippen, als sie versuchte, diesen Gedanken schnell wieder zu verdrängen, vorerst.

Er hatte ihr Lächeln bemerkt und sein Blick verriet, dass er sehr genau wusste, worüber sie nachgedacht hatte. Er zwinkerte ihr wissend zu, nahm sie wie selbstverständlich an die Hand und geleitete sie an den Tisch.

Das Essen war einfach fantastisch, obwohl Isabella nicht wirklich hungrig war. Die beiden vergaßen die Zeit, redeten über alle möglichen Dinge, lachten miteinander, berührten sich immer wieder wie zufällig und bei jeder einzelnen Berührung spürten beide die unglaubliche Anziehungskraft, die nicht zu beschreiben war.

Als sie spät in der Nacht durch die langsam ruhiger werdenden Straßen Roms liefen, redeten sie nicht mehr. Sie fühlten nur noch die Nähe des anderen, die Wärme, die Magie, die zwischen ihnen stand und kaum zu begreifen war. Isabella gingen so viele Gedanken durch den Kopf, die sie jedoch versuchte, gleich wieder zu verwerfen. Gedanken darüber, ob es sich bei der Begegnung mit Matteo um eine zufällige gehandelt hatte, ob sie es tatsächlich verdient hatte, zumindest für den Augenblick, so glücklich zu sein. Gedanken, die ihr momentan nicht guttaten und ihr Hochgefühl trübten.

Nur ein kurzer Seitenblick zu Matteo reichte aus, um ihre Zweifel zu vertreiben. Im Schein einer Laterne sah er aus wie eine unwirkliche Erscheinung, ein einmalig seltenes Wunder...ein Traum.

Er zog sie an sich. Das leuchtende Blau seiner Augen durchdrang sie. Adrenalin schoss durch ihren Körper und sie spürte, wie sie die Kontrolle über ihre Gedanken und Empfindungen verlor.

Zaghaft und entschlossen zugleich berührten seine Lippen die ihren. Sie begannen, wie unter unzähligen Nadelstichen zu vibrieren. So intensiv hatte sie auch in der letzten Nacht seinen Kuss empfunden. Zarte Stromstöße breiteten sich in ihrer Brust aus. Ihr Herz begann zu schlagen, sodass man es fast hören konnte.

Er versank in ihren weichen Lippen. Seine Hände vergruben sich in ihre Locken, streichelten zärtlich ihr glühendes Gesicht und tasteten langsam die Konturen ihres aufflammenden Körpers ab.

„Bella…", hauchte er zärtlich und drückte sie sanft gegen eine Hauswand. Sein Mund bekam nicht genug von ihr. Sein Atem wurde schneller und Isabella hatte das Gefühl, mit seinen fordernden Lippen zu verschmelzen. Für einen kurzen Moment sah Matteo auf. Seine Augen waren dunkel geworden, sein Blick so eindringlich, dass sich Isabella nicht dagegen wehren konnte. Sie nahm sein wunderschönes Gesicht in ihre Hände und begann ihn erneut zu küssen, ganz langsam, vorsichtig, auf die Stirn, die Wangen, die Augen, die Lippen…

Matteo trat einen Schritt zurück, doch ihre Körper waren wie durch ein unsichtbares Band noch immer miteinander verbunden. Isabella lächelte, er aber schien vollkommen durcheinander. Überwältigt von ihr, überwältigt von seinen Gefühlen und der Reaktion seines Körpers.

Im Gegensatz zu der kleinen Seitenstraße, die langsam in den nächtlichen Schlaf versinken wollte, schien sich das Leben am Rande der Spanischen Treppe noch lange keine Ruhe zu gönnen. Junge Leute saßen auf dem Brunnen unterhalb der Treppe, spielten Musik, tanzten und sprangen herum, als würden sie sich niemals der Müdigkeit hingeben wollen. Auf den Stufen selbst standen noch einige Leute, die bewundernd das Schauspiel beobachteten und die aufregende Nacht erleben wollten. Wohl, um selbst jeden kleinen

Augenblick der Lebensfreude dieser Stadt nicht mit Schlaf zu vergeuden.

Angezogen von diesem Szenario setzten sich auch Bella und Matteo auf eine der Stufen und lauschten gedankenverloren den wundervollen Klängen eines Saxophons.

Ein junges Paar tanzte eng umschlungen zu einer leisen Melodie. Es war eine Geschichte, die zwei Liebende zeigte, die nicht voneinander lassen konnten und am Ende doch getrennt wurden. Beide Tanzpartner lagen am Ende des Stückes am Boden. Zerstört durch eine Macht, die doch größer gewesen war als die Liebe…

Bella strich über Matteos Wange. Als er sie anschaute, glaubte sie eine Träne zu sehen. Wortlos standen die beiden auf und gingen.

Hatte ihn der Tanz so tief berührt? Oder trieb ihn etwas anderes um? Sollte sie ihn einfach fragen? Sie wollte den wirren Gedanken in ihrem Kopf keine Möglichkeit geben, sich zu entfalten, also beließ sie es dabei. Im Laufe der vielen Jahre hatte sie gelernt, solche Dinge zu verdrängen, auch wenn es nur für den Augenblick war.

Nachdem sie einige Minuten schweigend nebeneinander hergegangen waren, blieb Bella stehen. Sie waren bei ihrer Wohnung angekommen. Sie schaute Matteo fragend an.

Nach einiger Zeit senkte er den Kopf.

„Ich sollte jetzt gehen. Es tut mir sehr leid…"

Er gab ihr gar keine Möglichkeit zu antworten und ging einfach fort…

Bella stand da und sah ihm nach. Sie war verletzt. Sie spürte, wie sich langsam ihre Kehle zuschnürte und ihre Augen sich mit Tränen füllten. Es tat weh, ihn weggehen zu sehen, ohne Erklärung, nach den Erlebnissen der letzten Nacht und den Erinnerungen an die letzten zwei Tage und diesen Abend.

Was hatte sie falsch gemacht? Lag es an ihr? Sie konnte und wollte es sich nicht erklären, nicht schon wieder. Das Gefühl, für jemanden anderen nicht gut genug zu sein, hatte sie oft genug beschäftigt. Doch der Eindruck ließ sie nicht los, dass Matteo etwas beschäftigte, von dem sie nichts wusste. Dennoch hatte sie diese Reaktion von ihm nicht erwartet…

Noch immer unschlüssig stand sie vor der Haustür. Den Schlüssel hatte sie bereits aus der Tasche gezogen. Sie sah sich um. Das Leben in der Stadt begann gerade erst. Kein Grund für sie, sich in ihrer Wohnung zu vergraben und über alles nachzudenken. Sie wischte sich die feuchten Wangen ab, steckte den Schlüssel wieder ein und ging in Richtung „La Luna". Pietro würde sich vielleicht freuen, sie zu sehen. Und sie hätte genug Ablenkung.

Als sie das Lokal betrat, sah sie Pietro an seinem Tisch sitzen. Er las. Doch er schien sie dennoch bemerkt zu haben und winkte sie zu sich, ohne den Kopf zu heben.

„Hallo, meine Sonne. Wie geht es dir heute Abend?"

Seine charmante Art entlockte Bella ein Lächeln, auch wenn ihr gar nicht danach war.

„Hallo, du Charmeur. Es geht mir gut. Und selbst?"

Sie versuchte sich nichts anmerken zu lassen. Das letzte, was sie wollte, war, sich jetzt über das Geschehene zu unterhalten.

„Es geht mir sehr gut. Möchtest du ein Glas von meinem Wein?", fragte er schmunzelnd.

„Oh ja, sehr gerne!", antwortete Bella. „Ich habe gestern ein Glas getrunken und ich muss sagen, er ist wirklich hervorragend."

„Das stimmt. Dieser Jahrgang ist mir besonders gut gelungen. Setz dich bitte zu mir, ich möchte dir etwas erzählen."

Pietro zeigte ihr ein altes Notizbuch, welches mit Zeitungsartikeln und handgeschriebenen Zeilen bestückt war.

„Das ist eine Art Tagebuch, ich habe einige davon. Es war und ist ein Hobby von mir, die Geschichten, die ich zu erzählen habe, auch ein wenig zu dokumentieren.

Außerdem kann ich dann auch ab und an mal beweisen, dass ich die Wahrheit sage und mir nicht alles nur ausgedacht habe." Pietro legte den Kopf schief und grinste.

„Ich habe dir mal den Artikel von vor 50 Jahren herausgesucht, in dem es um das Sanatorium Gabriella ging. Du hattest mich danach gefragt, du erinnerst dich?"

Bella nickte. „Das ist lieb von dir."

Sie erfuhr durch den Artikel, dass Gabriella das Sanatorium zusammen mit ihren Schwestern allein aufgebaut hatte, nachdem sie das große Gebäude von den Eltern übernommen hatte. Sie war Krankenschwester gewesen und kümmerte sich rührend um alle Patienten, die Hilfe brauchten. In den Jahren des zweiten Weltkrieges und danach wurde das Gebäude zu einem Sanatorium. Es war in der ganzen Stadt bekannt und Gabriella selbst war sehr beliebt. Man nannte sie: Die Mutter Theresa von Rom. Ende der 40er Jahre brannte das Gebäude fast völlig aus. Die Ursache wurde nie bekannt. Erst zu Beginn der 50er Jahre baute sie das Sanatorium wieder auf.

Isabella sah zu Pietro auf.

„Eine bemerkenswerte Frau. Hast du sie gekannt?", fragte sie.

„Gekannt? Ich habe sie nicht nur gekannt. Ich habe sie geliebt, so wie alle jungen Männer damals. Leider hatte sie in dieser Beziehung kein Interesse an mir. Aber befreundet waren wir sehr gut. Sie war wie eine Göttin und eine Seele von Mensch." Pietro schien ein wenig in der Vergangenheit zu schwelgen.

„Erzähle mir bitte alles von ihr", meinte Isabella. Sie war dankbar für jede Ablenkung, vor allem, wenn sie Pietro dabei zuhören durfte, wie er Geschichten erzählte. Es war faszinierend, wie schnell sie in den wenigen Tagen Anschluss gefunden hatte und vor allem, wie ihr der alte knurrige Pietro schon ans Herz gewachsen war. Sie musste zugeben, dass bei ihm der erste Eindruck doch etwas getrogen hatte, denn er war ein überaus herzlicher Mensch.

Pietros Gedanken gingen zurück...in seine eigene Vergangenheit:

Gabriella wohnte seit ihrer Geburt im Haus gegenüber. Sie war zwei Jahre jünger als ich und meine großen Brüder spielten oft mit den Mancini-Mädchen. Gabriella hatte zwei ältere Schwestern. Meine Brüder Luca und Marco waren bis über beide Ohren in sie verliebt, auch wenn sie das nie zugegeben hätten. Wir verbrachten viel Zeit miteinander, wenn es die Eltern zuließen und es war eine wunderbare Zeit. Wir erkundeten gemeinsam die Stadt, ließen uns immer wieder neue Spiele einfallen und brachten so manche Nachbarn mit unseren Streichen auf die Palme. Ein ganz besonderes Versteckspiel ist mir in Erinnerung geblieben. Meine Brüder und ich warteten am Trevi-Brunnen auf die Mädchen. Die Mancinis kamen an diesem Nachmittag aber nicht allein, sie hatten das kleine Nesthäkchen Gabriella dabei. Sie war mit ihren fünf Jahren so bezaubernd, dass mein junges Herz sofort in Flammen stand. Das Mädchen wurde von ihren Schwestern wie ein Augapfel gehütet, aber nach einer Weile war sie es leid, nur zuschauen zu dürfen. Sie wollte sich auch selbst verstecken. Sie brauchte nicht lange, um ihre Schwestern zu überreden, doch ganz wohl war ihnen bei der Sache nicht. Zu recht, wie sich später herausstellen sollte. Die kleine Gabriella hatte es schon faustdick hinter den Ohren und trickste mich, meine Brüder und ihre Schwestern gleich beim ersten Spiel aus. Sie war die Letzte, die gesucht werden musste, und wir suchten sie eine geschlagene Stunde im ganzen Viertel. Als Gabriella dann noch immer nicht gefunden war, begannen ihre Schwestern in Panik zu verfallen. Sie durften sicher nicht ohne die Kleine nach Hause kommen. Jeder Stein wurde umgedreht, alle Leute auf der Straße nach ihr gefragt...sie blieb verschwunden. Es wurde Zeit, nach Hause zu gehen, aber das war so nicht möglich. Die Mancini-Schwestern und wir Greco-Brüder machten die halbe Stadt verrückt. Als wir am späten Abend vollkommen fertig wieder am Trevi-Brunnen angekommen waren, wussten wir keinen Ausweg mehr. Wir mussten wohl oder übel ohne Gabriella zurückkehren und ihren Eltern alles beichten. Wir Kinder schlugen gerade den Weg nach Hause ein, als eine ältere Dame auf uns zukam.

„Sucht ihr vielleicht ein kleines Mädchen?"

Fassungslos schauten wir die Frau an und nickten einhellig. Sie bedeutete uns, ihr zu folgen. Wir betraten einen Hauseingang. Eine schmale Gasse führte in den Hinterhof, der mit unzähligen Blumen geschmückt war. Sofort wurde es angenehm kühl und man fühlte sich wie in einer kleinen Oase.

„Eurer Kleinen war wohl etwas warm. Sie hat mir erzählt, dass ihr das Versteckspiel zu langweilig geworden war."

Auf einer kleinen Bank lag Gabriella, zusammengekauert und friedlich schlafend. In ihrem Arm schnurrte die Katze der alten Dame vor sich hin. Beim Anblick der Kleinen stockte uns allen für einen kurzen Moment der Atem. Ihre Schwestern wussten nicht, ob sie wütend oder erleichtert sein sollten. Die Frau erklärte, dass das Kind sie schon vor einiger Zeit in ihrem Hinterhof besucht hatte. Sie war der Katze gefolgt und hatte erklärt, dass sie keine Lust mehr hatte, Verstecken zu spielen, da ihr sie sowieso nicht finden würdet. Also hatte sie sich eine andere Beschäftigung gesucht...

Ich war der Erste, der laut loslachte und damit die angespannte Situation auflöste. Gabriella wachte auf und sah sich verschlafen um. „Habt ihr mich endlich gefunden? Das hat ja lange gedauert. Das war ein blödes Spiel!", sagte sie bestimmt und stand langsam auf. Sie winkte der Katze, die von ihr gesprungen war, nahm ihre große Schwester bei der Hand und meinte: „Lasst uns endlich nach Hause gehen, ich habe Hunger!"

Jetzt blieb auch den anderen Beteiligten nichts anderes übrig, als zu lachen. Glücklich darüber, den kleinen Ausreißer gefunden zu haben und darüber, wie Gabriella war: Ein süßer Sonnenschein, dem man nicht böse sein konnte.

An diesem Tag verliebte ich mich mit meinen gerade einmal sieben Jahren in sie und diese Liebe ließ nie nach. Sie veränderte sich jedoch im Laufe der Jahre...

Wir sechs verbrachten unsere gesamte Jugend miteinander. Mit der alliierten Invasion Siziliens, dem Italienfeldzug im zweiten Weltkrieg, veränderte sich

1943 aber unser vormals ruhiges Leben. Viele junge italienische Männer wurden zu Kriegsdiensten herangezogen. So auch ich und meine Brüder. Da wir jedoch eine recht angesehene Familie waren, hatten wir Jungs die Möglichkeit, uns mit Arbeiten außerhalb der Kriegsschauplätze zu beschäftigen. Die unzähligen Verwundeten auf deutscher Seite und auf der der Alliierten wurden auf ganz Italien verteilt, um sie versorgen zu können. So waren auch in Rom die Hospitäler schnell überfüllt. Die Mancini-Schwestern erklärten sich bereit, ihr großes Elternhaus zur Verfügung zu stellen, und wenig später leitete die junge Gabriella mit unermüdlichem Einsatz ihr eigenes Lazarett. Natürlich halfen ihre Schwestern mit und auch ihre Eltern taten, was sie konnten, um sie zu unterstützen, aber Gabriella war mit solchem Herzblut bei der Sache, dass ihr bald in der Organisation und im Umgang mit den Patienten niemand mehr das Wasser reichen konnte. Sie hatte durch den Krieg ihre wahre Berufung gefunden. Für eine Beziehung zu einem Mann war keine Zeit, das dachte ich zumindest und war sehr traurig, denn ich hatte in den Jahren des Erwachsenwerdens die Hoffnung nie aufgegeben, eines Tages mit Gabriella zusammen sein zu können.

Wir verbrachten jede freie Minute miteinander, kochten gemeinsam, wenn es die Zeit erlaubte, oder gingen ein wenig spazieren. Gabriella mochte mich sehr gerne, sie liebte mich, aber nicht so, wie ich sie. Sie liebte mich wie einen Bruder...

Eines Tages lief mir Maria über den Weg. Sie war ein so hübsches und lebenslustiges junges Ding. Da meine Eltern davon überzeugt waren, dass sie gut zu mir passen würde, ließ ich mich auf sie ein. Und nicht nur meine Eltern waren der Meinung, auch Gabriella. Sie freundeten sich schnell an und eines Nachmittags gab mir die kleine Gabriella, wie ich sie noch genannt habe als wir älter waren, ihren Segen. Ich konnte nicht anders, als mich dafür bei ihr zu bedanken, ich würde sie immer lieben, aber Maria wurde die Frau an meiner Seite. Die Liebe zu Maria war anders, auf einer anderen Ebene und ich lernte, wie vielschichtig die Liebe sein kann. Ich danke Gott heute noch dafür, meine Maria gefunden zu haben. Sie hat mich reicher beschenkt als irgendjemand sonst.

Isabella lächelte versonnen. Unweigerlich musste sie daran zurückdenken, wie ihre Eltern gewesen waren. Ungefähr so stellte sie sich Pietro und Maria auch vor.

Der bemerkte ihr Lächeln natürlich.

„Woran denkst du, kleine Gabriella?", fragte er.

Isabella schaute ihn verdutzt an.

„Du erinnerst mich irgendwie an sie, ich kann nicht sagen, warum, aber es war vielleicht auch der Grund, warum ich dich am ersten Abend, als ich dich gesehen habe, so seltsam angeschaut habe. Jetzt erzähle mir, warum du lächelst?", bat Pietro.

Isabella seufzte.

„Weißt du, deine Geschichte mit Maria erinnert mich auch an etwas Wunderbares. An die Liebe meiner Eltern. Ich durfte sie nicht lange selbst erleben, aber meine Mutter hat mir so viel erzählt. In jeder einzelnen Berührung meiner Eltern war ihre Zuneigung zu spüren, in jedem Wort, welches sie wechselten, jedem Blick, den sie sich zuwarfen. Ich habe meine Eltern als kleines Mädchen immer als ein Prinzenpaar empfunden, das in seiner eigenen Märchenwelt lebte. Niemand konnte ihnen etwas anhaben und auch mir nicht, die sie behüteten und mit Liebe aufzogen. Die schönste Zeit mit den beiden zusammen habe ich hier in Italien, in Rom verbracht, aber auch die schwerste…"

Isabella unterbrach sich. Es war nicht der richtige Zeitpunkt, um mit Pietro darüber zu reden. Vielleicht gab es dafür keinen richtigen Zeitpunkt, aber wenn sie heute, nach den Erlebnissen der letzten beiden Tage mit Matteo und dem merkwürdigen Ausgang des Abends auch noch diese Erinnerungen aufkeimen ließe, würde ihr das bestimmt nicht guttun.

„Möchtest du nicht darüber reden, Bella?", fragte Pietro vorsichtig nach. Isabella zuckte zusammen. Bella hatte sie Matteo vorhin genannt, als er sie begierig küsste…und wieder von ihr ließ.

„Nein, lieber nicht, nicht heute. Bitte sei mir nicht böse, aber ich gehe jetzt besser schlafen", sagte sie. „Ich hatte einen sehr schönen Abend, danke schön. Ich freue mich darauf, noch mehr von Gabriella zu erfahren." Isabella drückte Pietro die Hand und wollte aufstehen. Doch er hielt sie zurück. „Du bist mir jederzeit willkommen, Bella. Und du kannst über alles mit mir reden", sagte Pietro ruhig und strich ihr dabei über die Wange. Die junge Frau lächelte ihn liebevoll an und bedankte sich.

6

Es war kühler geworden. Bella fröstelte ein wenig und schlang die Arme um ihren Körper, als sie das kurze Stück zu ihrem Appartement lief. Die Musik auf den Straßen war noch immer zu hören, aber dafür hatte sie heute keinen Sinn. Das einzige, was sie jetzt wollte, war, sich in ihrem Bett zu verkriechen.

In ihrer Tasche summte ihr Handy. Sie hatte gar nicht mehr daran gedacht, es dabei zu haben. Als sie es herausnahm, sah sie, dass sie 14-mal angerufen worden war und unzählige Nachrichten bekommen hatte.

Den Blick auf ihr Handy gerichtet, kramte sie den Schlüssel aus ihrer Handtasche. Er fiel ihr herunter und als sie ihn aufheben wollte, starrten sie ein paar helle Augen an. Erschrocken wich sie zurück.

„Matteo!

Gott! Was machst du hier?"

Matteo sah sie nur an und nahm sie in den Arm. „Es tut mir leid", flüsterte er ihr ins Ohr.

Langsam nahm er ihr den Haustürschlüssel ab, hielt ihre andere Hand fest, zog sie vorsichtig mit sich und öffnete die Tür.

„Ich weiß nicht, warum ich vorhin einfach gegangen bin. Aber ich bin sofort zurückgekommen, doch du warst nicht mehr da…", sagte er, noch immer sehr leise.

„Du hast hier die ganze Zeit gewartet?", fragte Bella ungläubig.

Er nickte.

„Ich habe dich angerufen, dir geschrieben, aber..."

Er ging eine Treppenstufe zurück. Er umfasste Bellas Gesicht. Ihre Augen füllten sich mit Tränen und strahlten dadurch in einem noch intensiveren Grün. Er besah jede einzelne Wimper, ihre Nase, ihre Lippen, ihr kleines Muttermal am Hals und wiegte immer wieder den Kopf. Seine hellen Augen verengten sich plötzlich und vollkommen unerwartet küsste er sie, nicht zaghaft, nicht vorsichtig...hungrig, schnell und fordernd. Nach Luft ringend, sah er Bella wieder an.

„Was machst du nur mit mir?"

Bella antwortete nicht...sie war nicht in der Lage, über Worte nachzudenken, einen klaren Gedanken zu fassen, etwas anderes zu tun, als zu fühlen...

Ein Tor zu einem vollkommen zeitlosen Raum öffnete sich. Alles wirkte leicht, unbeschwert, frei. Isabella wurde überrascht von einer Woge der unbeschreiblichen Selbstwahrnehmung. Jede einzelne Faser ihres Körpers war zu spüren. Sie nahm alles so deutlich wahr wie nie zuvor. Matteos Berührungen, seine Küsse, sein Verlangen nach ihr waren so intensiv, dass sie sich fühlte, als würde sie schweben.

In der Wohnung angekommen, warf er sie auf das Bett und beugte sich über sie. Sein Blick durchdrang sie, es war kaum möglich, ihm standzuhalten. Er ließ seinen

Blick auch nicht von ihr, als er sich hastig sein Hemd über den Kopf zog. Plötzlich wurden seine Bewegungen betont langsam. Er stützte sich mit seinen Armen vorsichtig über ihr ab. Abwartend, zurückhaltend und gleichzeitig zitternd und aufgewühlt schaute Bella ihm dabei zu...ihre Unsicherheit war einer ungewohnten Selbstsicherheit gewichen...

„Du bist wunderschön, weißt du das?"

Matteos Blick wanderte zu ihren Locken. Ein Schmunzeln verriet ihr, dass sie wild abstehen mussten. Seine Lippen berührten sanft ihre Stirn und glitten behutsam über ihre Brauen, ihre Augenlider, ihre Wangen...bis sie schließlich ihre Lippen fanden. Zärtlich sog er an ihrer Unterlippe, sah sie immer wieder an und verspürte eine immer stärker werdende Ohnmacht, sich gegen seine aufkeimende Leidenschaft zu wehren. Es erschien ihm selbst wie eine unwirkliche und doch so intensive und reale Situation, dass es ausgeschlossen war, einen klaren Gedanken zu fassen.

Und genau das wollte er auch nicht. Sein Verstand hatte ihm an diesem Abend schon einmal im Weg gestanden und mit dieser Entscheidung hatte er keine Stunde leben können...er hatte Bella damit verletzt, das war ihm bewusst. Doch das hatte sie nicht verdient. Diese Frau war etwas Besonderes...leider jedoch nicht nur für ihn...

Bellas Hände strichen langsam über seinen Rücken und ließen ihn erschauern. Vorsichtig versuchte er, die Knöpfe ihres Kleides zu öffnen. Seine Zunge fuhr dabei langsam über ihren Hals. Er hörte sie leise lachen und schaute auf. Sie bäumte sich ihm entgegen…und er verstand…er riss die Knöpfe einfach auf…

„Gott…", hörte sie ihn leise sagen, bevor er sich liebkosend ihrem sich vor Lust windenden Körper widmete. Adrenalin schoss durch sie hindurch, jede Berührung ließ sie erzittern, jede fehlende versetzte sie in Bruchteilen von Sekunden in kindliche Erwartung der nächsten. Sie ließ sich auf der Wolke der Lust hinwegtragen…sie hatte keine andere Chance, diese unbekannten Gefühle zu verarbeiten. Und sie wollte es auch nicht, nicht darüber nachdenken, was sie tat, was geschah, ob sie dem gewachsen war…sie war es nicht. Sie gab sich dieser unmöglich zu beschreibenden Sinneswahrnehmung hin, der unkontrollierbaren Reaktion ihres Körpers, dem unbändigen Willen ihres Seins, alles zu erleben, was sich ihr in diesem Moment bot…

Wie sie sich ihrer übrigen Sachen entledigt hatten, wussten sie nicht mehr. Für einen kurzen Moment hielten sie inne. Ihre Blicke verrieten, dass sie in die Seele des jeweils anderen sahen und sie ohne ein Wort verstanden. Ihr vormals vorsichtiges und zaghaftes Herantasten schlug urplötzlich in ein wildes übereinander Herfallen um…mit einer schnellen

Bewegung hob Matteo Bella auf seinen Schoß. Beider Aufschrei durchdrang den Raum…

Schwer atmend strich sie über sein Gesicht. Sie musterte diesen wunderschönen Mann, der ihr das unfassbare Glück bescherte, sich als eine begehrenswerte Frau zu fühlen, sie selbst sein zu dürfen, ohne Gedanken daran, gut genug zu sein. Ein zögerliches Lächeln umspielte ihren Mund, welches Matteo genau diese Dankbarkeit zum Ausdruck brachte…er umschloss sofort ihre vollen Lippen, biss an ihnen, suchte ihre Zunge, immer fordernder, unfähig, sich in ihrem Körper nicht zu bewegen…er hob sie an, nur um sie sofort wieder auf seinen Schoß zu drücken…genoss ihr sehnsuchtsvolles Stöhnen und die Empfindsamkeit seines Geschlechtes…sich vor Lust windend und sich immer schneller in ihr bewegend, vergrub er sein Gesicht in ihrer Brust.

Jede Faser ihrer Körper brannte vor Leidenschaft, nur noch ein kleiner Funke würde sie in Flammen aufgehen lassen. Immer wieder flüsterte er ihren Namen…warf sie gekonnt auf das Bett zurück, ohne sich aus ihr zurückzuziehen und in seiner Bewegung innezuhalten. Er nahm ihre Hände und legte sie an das Kopfteil des Bettes. Er ließ sie nicht los, als Bella ihre Beine auf seine Schultern schwang und er mit einem dunklen Lächeln immer heftiger und tiefer in sie eindrang. Die Anspannung ihrer Körper wuchs innerhalb weniger Sekunden so stark an, dass Bella die Sinne schwanden…sie flehte um Erlösung aus dieser süßen Besinnungslosigkeit, die sie an den Rand ihrer möglich geglaubten Empfindungen brachte. Sein Atem ging immer schneller, sein Griff um ihre Hände wurde immer fester…Bella seufzte laut, als sie spürte, wie sich erneut eine Welle der Lust in ihr aufbaute, genau wissend, dass sie dieser nicht mehr standhalten würde…sie schrien ihre Leidenschaft heraus, als sie beide gemeinsam den Höhepunkt ihrer Lust erreicht hatten und erlöst wurden…

*

„Es tut mir leid, Bella. Wir sind in eine Sache hineingeschlittert, die mit echten Gefühlen zu tun hat, die man nicht erklären kann. Es ist wie Magie, die keiner so erleben wird wie wir. Es hat mit Gemeinsamkeit, Wünschen, Aufregung, Wohlfühlen, Sehnsucht, Sicherheit, Sucht, Liebe, Abenteuer, Vertrauen…einfach mit allem zu tun. Ich danke dir so sehr dafür. Du gibst mir genau dieses wahnsinnig gute Gefühl, welches man schwer erklären kann, weil es so komplex ist…und wiederum so einfach!"

Matteo streichelte ihren Rücken, als er ihr diese Worte ins Ohr flüsterte. Bella rannen Tränen des Glücks über die Wangen. Sie wünschte sich nichts sehnlicher, als dieses Gefühl für immer festhalten zu können. Noch immer wurde ihr Körper von unkontrollierbaren Adrenalinschüben übermannt und Matteo schien das nicht zu entgehen. Als er begann, vorsichtig an ihrem Ohr zu knabbern und seine Finger langsam über ihren Po glitten, durchfuhr sie ein heißer Stromschlag. Ihre Erregung war in der letzten halben Stunde nicht abgeebbt. Auch sein Feuer schien noch lange nicht erloschen…

„Entschuldige, ich kann nicht anders…", sagte er leise und zog Bella auf seinen glühenden Körper. Ihre Leidenschaft entfachte erneut und sie liebten sich wieder…und wieder…

*

Die Sonne stand bereits hoch am Himmel, als Bella die Augen blinzelnd öffnete. Sie wollte noch immer nicht aufstehen, nicht aus ihrem wunderschönen Traum erwachen, der sie so lebendig hatte werden lassen. Aber in das Gesicht des Mannes zu schauen, den sie zu lieben begann, machte es ihr ungemein leicht, die Nacht zu verlassen und den neuen Tag zu begrüßen. Als sie sich vorsichtig umdrehte, lag Matteo jedoch nicht neben ihr. Vielleicht ist er im Badezimmer, dachte sie und setzte sich auf. Sie schwelgte in Erinnerungen an die letzte Nacht und lächelte. Sie hätte nichts dagegen, genau da weiterzumachen, wo sie vor dem Einschlafen aufgehört hatten.

Nach einigen Minuten stand Bella auf, um Kaffee zu machen. Seltsamerweise hörte sie keine Geräusche aus dem Badezimmer, doch darüber machte sie sich keine Gedanken. Vielleicht saß Matteo auf der kleinen Terrasse. Doch dem war nicht so. Er war weder in der Wohnung noch auf der Terrasse, stattdessen lag ein Zettel auf dem Küchentisch…

Isabella durchfuhr ein stechender Schmerz, als sie diesen mit zitternden Händen auseinanderfaltete.

Sofort waren die Erinnerungen an Thomas wieder da. Genau wie jetzt hatte sie damals auf dem Tisch einen Zettel gefunden, auf dem er sich von ihr verabschiedet hatte. Einfach so, ohne weitere Erklärungen. Sie hatte versucht, ihn zu erreichen, mit ihm zu reden, zu fragen, warum er einfach gegangen war, aber er hatte jedes Gespräch abgelehnt. Er war nur noch einmal in die gemeinsame Wohnung gekommen, um seine Sachen abzuholen. Es hatte nicht lange gedauert und er hatte seine neue Lebensgefährtin mitgebracht.

Bella war damals nicht in der Lage gewesen, mit dieser Situation fertig zu werden, und hatte ohne ein Wort alles über sich ergehen lassen.

Dieses Gefühl kam auch jetzt wieder in ihr hoch. Die Gedanken an die letzte Nacht waren schlagartig verflogen, die Angst, wieder verletzt zu werden, war allgegenwärtig.

Sie stützte sich am Schrank ab, atmete tief durch und begann zu lesen. Ein Lächeln huschte ihr über die Lippen, als sie die Anrede las:

„Liebste Bella! Es tut mir so leid, dass ich dich so süß schlafend zurücklassen musste. Ich danke dir für die wundervolle Nacht! Ich muss dich unbedingt wiedersehen. Treffen wir uns heute Abend am Strand? Ich hole dich an der letzten Haltestelle der Roma Lido in Cristofero Colombo ab. Bitte sei da!

In Liebe Matteo!"

Bella sank auf den Boden und drückte den Brief fest an sich. Alle Anspannung und Angst fielen von ihr ab und heiße Tränen der Erleichterung liefen ihr über die Wangen. Er wollte sie wiedersehen! Sie war es ihm wert...dachte und hoffte sie zumindest in diesem Moment...

Glücklich sprang sie in der Wohnung herum, trank ein Glas Wasser und stellte die Dusche an. Jetzt bemerkte sie, wie hungrig sie war. Die letzte Nacht war wohl doch etwas anstrengend gewesen, dachte sie schmunzelnd. Mein Gott, so etwas hatte sie bisher nie erlebt und selbst wenn sie jetzt sterben müsste, wäre sie unendlich dankbar für diese Nacht, für diesen Mann, für dieses kleine Glück.

Da sie nichts mehr im Kühlschrank hatte, worauf sie Lust hatte, schlüpfte sie in bequeme Shorts und ein T-Shirt, schnappte sich ihre Tasche und hüpfte nahezu auf die mittlerweile belebte Straße. Etwas unschlüssig, wo sie etwas Essbares finden konnte, ging sie in Richtung „La Luna". Pietro war bestimmt schon da, auch wenn die Bar erst später öffnete.

Bereits als sie in die Via dei Greci einbog, sah sie Pietro auf einem der bequemen Sessel vor der Bar sitzen. Er hatte seinen Hut tief ins Gesicht gezogen und schien einen Mittagsschlaf in der herrlich warmen Sonne zu genießen. Langsam schlich sie auf ihn zu, um sich ganz leise neben ihn zu setzen. Doch schon als sie ihn noch nicht einmal erreicht hatte, begrüßte er sie freundlich, ohne aufzuschauen.

„Ciao Bella, meine Hübsche!"

Sie blieb stehen.

„Aber…wie konntest du wissen, dass ich es bin? Hier laufen mindestens einhundert Leute herum?"

Gemächlich schob Pietro seine Kappe nach oben.

„Tesorino*, wie sollte ich nicht wissen, dass du es bist? Du hast mein altes Herz am ersten Abend gestohlen. Ich würde dich überall erkennen", sagte er.

„Du bist ein richtiger Charmeur, das weißt du, oder?", entgegnete Bella grinsend.

„Ja, das weiß ich, meine Süße."

Sein Lächeln war so aufrichtig, dass Bella sofort spürte, dass er es wirklich ernst meinte.

„Du siehst heute, im Gegensatz zu gestern Abend, sehr, sehr glücklich aus. Gibt es dafür einen Grund?" Pietros hochgezogene Braue verriet, dass er schon erahnte, was Bella in ihren momentanen Zustand versetzt hatte. Etwas verlegen suchte sie in ihrer Handtasche herum.

„Und hungrig siehst du aus…", setzte Pietro noch hinzu.

„Ja! Ich habe Hunger!", antworte sie abrupt.

Pietro lachte laut auf.

*Tesorino: Liebling

„Sagst du mir, wer der junge Mann ist, wenn ich dir etwas zum Essen hole?"

Bella wiegte lächelnd den Kopf hin und her, als Pietro schon im Begriff war aufzustehen.

„Ach, herrje, die Liebe…", murmelte er in seinen Bart und betrat die Bar. Sein Sohn kam ihm entgegen. Nach einer kurzen Anweisung brachte er zwei Gläser Wein, die Pietro mit nach draußen nahm.

„Trink erst einmal einen guten Schluck Wein", meinte er.

„Gleich bekommst du die beste Pasta der Stadt zur Stärkung. Ich habe sie vorhin selbst zubereitet, sie wird dir schmecken."

Der Wein war selbstverständlich hervorragend. Auch wenn es für sie eher ungewöhnlich war, um diese Zeit Alkohol zu trinken. Aber in Italien gingen die Uhren eben etwas anders. Bella fühlte sich sofort beschwingt. Ob es möglicherweise an ihrem Hochgefühl lag oder doch am Wein, vermochte sie nicht wirklich zu sagen. So hatte sie sich das Leben immer vorgestellt…Liebe, Sonne, gutes Essen, guter Wein und wunderbare Menschen wie Pietro. Sie konnte sich nicht vorstellen, was es Schöneres hätte geben sollen.

Es war eine Freude, sie so glücklich zu sehen. Wie sie lächelte, trank, ihre Gedanken schweifen ließ, einfach Dolce Vita zelebrierte und genoss.

Wenig später stürzte sich Bella wie ein ausgehungerter Tiger auf das Essen. Dankbar und zufrieden sah sie Pietro an. Nachdem sie die ersten Bissen gegessen hatte, lehnte sie sich zurück.

„Mhm, ist das gut."

„Und? Wolltest du mir nicht noch etwas erzählen?", hakte Pietro nach.

„Matteo. Er heißt Matteo", antwortete Bella und aß weiter, ohne auf Pietros Reaktion zu warten. Pietro antwortete nicht und als Bella das bemerkte, schaute sie zu ihm auf.

Er wirkte nachdenklich.

„Matteo? Wie weiter?", entgegnete Pietro.

Bella hatte nicht mit einer solchen Antwort gerechnet.

„Ich weiß es nicht. Warum fragst du?"

„Santoro ist nicht zufällig sein Nachname?", überlegte Pietro noch immer.

„Ich weiß es wirklich nicht. Wir haben uns vor ein paar Tagen kennengelernt. Auf dem Petersplatz, an einem Brunnen. Wir sind spontan in ein Cafe´ gegangen. Naja und später essen und gestern…"

Bella hielt inne. Sie hatte ein schlechtes Gewissen bekommen. Natürlich hätte sie Matteo vielleicht etwas näher kennenlernen sollen, bevor…

„Pietro, was hast du?", fragte sie.

Er schüttelte nur den Kopf und wiegelte ab.

„Nichts, meine Sonne. Es ist alles gut. Du musst dir nicht über alles, was ein alter Mann sagt oder tut, so viele Gedanken machen", gab er beschwichtigend zurück.

„Dieser Mann scheint dich sehr glücklich zu machen. Triffst du ihn wieder?"

„Ja", antwortete Bella. „Er macht mich glücklich und ich treffe ihn heute Abend am Strand. Ich sollte dann vielleicht nicht mehr so viel Wein trinken", zwinkerte sie Pietro zu.

Jetzt begann er zu lachen, so herzlich, dass sie etwas beruhigt war.

Bei einem weiteren Glas Wein erzählte sie Pietro, wie es genau zu dem Treffen mit Matteo gekommen war.

Fast hätte sie die Zeit vergessen.

„Ich wünsche dir einen traumhaften Abend, Bella", rief ihr Pietro hinterher, nachdem sie sich mit einer langen Umarmung voneinander verabschiedet hatten.

Er konnte nur hoffen, dass er sich irrte…

Schnell besorgte Bella noch eine Flasche Wein und etwas Süßes und ging rasch in ihre Wohnung, um sich für den Abend mit Matteo fertig zu machen.

Als sie ihr zerrissenes Kleid neben dem Bett liegen sah, nahm sie es und drückte es fest an sich. Es roch noch nach ihm. Ein wohliger Schauer durchfuhr sie. Die Erinnerung und die Vorfreude auf den heutigen Abend am Strand versetzten sie in ein regelrechtes Hochgefühl.

*

Die Fahrt mit der Roma Lido war entspannender als erwartet. Obwohl wirklich viele Menschen unterwegs waren, empfand Bella die Fahrt als sehr angenehm. Da sie zum Cristofero Colombo nur einmal umsteigen musste, hatte sie die Möglichkeit, sich die Stadtteile, die sie nicht besonders gut kannte, genauer anzuschauen. Auch die Vorstadtviertel verloren nicht das Flair der altehrwürdigen Innenstadt von Rom. Obwohl es auch Häuser gab, die ihre glamouröse Zeit längst hinter sich gelassen hatten, erzählten die unzählig vielen alten Gebäude ihre ganz eigene Geschichte. In Gedanken an Pietros Erzählung über Gabriella konnte sich Bella sehr gut vorstellen, wie die Kinder damals hier gelebt haben. Sie musste lächeln, als sie an das etwas andere Versteckspiel zurückdachte. Es gab so viele kleine Gassen und Hinterhöfe, herrschaftliche Villen und gemütliche Häuschen, die sich aneinanderreihten. Es musste damals wie heute eine ganz besondere Art sein, hier leben zu können. Nichts an dieser Stadt und ihrer Aura erinnerte an ihre Heimatstadt in Deutschland. Hier war nichts von der Hektik, der Aufgeregtheit und der Schnelligkeit deutscher Städte zu spüren. Niemand schien es hier eilig zu haben, die Leute redeten und lachten miteinander und rannten nicht aneinander vorbei, nur um zum nächsten wichtigen oder unwichtigen Termin zu erscheinen.

Es war schon unglaublich, wie sich allein Bella in den wenigen Tagen in Rom entschleunigt hatte. Natürlich war sie hier, um Urlaub zu machen und nicht zu arbeiten, aber wenn sie allein daran dachte, wie ihr Tagesablauf in Deutschland gestaltet war, lief es ihr kalt den Rücken hinunter. Es gab Tage, an denen sie am Abend nach Hause kam und von ihrer staubigen Arbeit im Büro vollkommen fertig war. Doch wenn sie den Tag dann Revue passieren ließ, konnte sie nicht einmal mehr sagen, was sie so Wichtiges hatte tun müssen. Wieder kam ihr der Gedanke, einfach hierzubleiben. Warum eigentlich nicht? Es gab nichts, was sie davon abhalten könnte. Sie hatte in Deutschland niemanden mehr, aber vielleicht hatte sie in Matteo hier jemanden gefunden, für den sich dieses Abenteuer oder gar ein völlig neues Leben lohnen würde…

Bella war in ihrer Kindheit am Strand in Ostia gewesen. Bruchstückhaft kamen die Erinnerungen an die schöne alte Hafenstadt zurück. Sie war einmal mit ihrem Vater hier gewesen. Sie hatten sich die historischen Stätten angeschaut und er hatte ihr von Piraten und Kaisern erzählt, die vor vielen hundert Jahren hier gelebt hatten.

Sie lief eine Weile am Strand entlang Richtung Süden, als neben ihr ein Auto hielt.

„Darf ich Sie ein Stück mitnehmen, schöne Frau?"

Matteo stieg aus und kam auf sie zu.

Ohne ein weiteres Wort nahm er sie in den Arm und küsste sie. Seine körperliche Nähe war so vertraut. Er gab ihr eine ungewohnte Sicherheit. Und Hoffnung, dass alles gut werden würde, dass Bella glücklich werden und ihre Dämonen besiegen könnte.

„Es ist schön, dass du da bist", flüsterte ihr Matteo ins Ohr.

Sie fuhren ein kleines Stück weiter am Strand entlang. Dann bog Matteo in den Ruinenstadtteil ab und fuhr auf eine kleine Anhöhe. Der Blick auf das Mittelmeer war atemberaubend. Im Radio begann Ed Sheeran „Perfect" zu singen. Und das war es auch, einfach perfekt…die Sonne verschwand nach und nach im Meer und hinterließ ein wundervolles Farbenspiel auf dem Wasser. Fasziniert von dem herrlichen Spektakel nahm Bella Matteos Hand. „Perfect" wurde in dieser Sekunde zu ihrem Lied, was beide wortlos mit einem zärtlichen Kuss besiegelten…

„Es ist wunderschön", sagte sie ganz leise, aus Angst, diesen unglaublichen Augenblick zu zerstören.

„Du bist es", gab er zurück und zog sie ganz nah an sich heran.

„Eigentlich wollte ich mit dir essen gehen, aber…"

Er küsste sie leidenschaftlich, fuhr ihr durchs Haar und über den Rücken. Er schaute sie mit leuchtenden Augen an, die dem unbeschreiblichen Blau des Meeres so sehr ähnelten. Ohne sie aus seinem Blick zu entlassen, stieg er aus, lief um den Wagen herum und bedeutete ihr, ebenfalls auszusteigen. Matteo öffnete die hintere Tür des Vans und zog Bella mit sich hinein. Er konnte nicht aufhören, sie zu küssen, während er ihr das Shirt abstreifte. Seine Hände waren überall. Innerhalb weniger Sekunden waren sie nackt. Sie hielten einen winzigen Moment inne, um ihn für eine kleine Ewigkeit festzuhalten…in ihrer Glücksblase genossen sie ihre Hingabe und Leidenschaft, als würde es außer ihnen nichts geben. Zeit und Raum spielten keine Rolle mehr, ihr Liebesspiel war so vertraut, als würden sie sich seit sehr langer Zeit kennen. Sie vertrauten sich gegenseitig, ohne Zweifel, ohne Zögern, ohne Misstrauen…

7

Lärm drang zu ihr durch. Überall Stimmen…Bella konnte nicht deuten, woher sie kamen. Es war laut. Viel zu laut. Das Stimmengewirr durchbohrte sie wie unzählige Stiche. Sie wollte ihre Ohren schützen, doch sie konnte sich kaum bewegen. Was geschah gerade mit ihr? Träumte sie? Das war nicht ungewöhnlich, doch so real, wie ihr die Situation jetzt vorkam, waren ihre Träume selten. Bella versuchte erneut, ihre Arme zu bewegen. Es war einfach nicht möglich. Schmerzen bahnten sich langsam einen Weg in ihr Bewusstsein. Ihre Schultern fühlten sich schwer an, ihre Handgelenke brannten. Ihr Kopf begann nach und nach dumpf im Takt ihres Herzschlages zu klopfen. Vorsichtig begann sie, die Augen zu öffnen. Es tat weh. Ihr linkes Auge schien angeschwollen zu sein, denn sie konnte es nicht vollständig öffnen. Auch so konnte sie nicht viel sehen. Es war dunkel. Noch immer wusste sie nicht, ob sie wach war oder träumte. Nur einen fahlen Lichtstrahl konnte sie erkennen. Aus dieser Richtung kamen auch die Stimmen, die inzwischen etwas leiser geworden waren. Bella verstand nicht. Wo war sie?

Als sie wieder versuchte, sich zu bewegen, bemerkte sie, dass sie auf einer Pritsche hockte. Ihre Hände waren an der Wand hinter ihr an einer Stange befestigt.

Panik stieg in ihr auf. „Bitte, lass mich endlich aufwachen!", dachte sie. Die langsam aufkeimende Erkenntnis, dass sie nicht träumte, ließ ihr Herz immer höher schlagen. Damit einhergehend wurden die Schmerzen in ihrem Kopf immer größer. Unweigerlich dachte sie an den Alptraum aus ihrer Kindheit nach dem grausamen Tod ihres Vaters. Diesen Traum, in dem sie in einer Höhle gefangen war, aus der sie sich nicht befreien konnte, hatte sie seit langem nicht mehr gehabt. Die Angst, sich gerade jetzt in dieser Situation zu befinden, war nicht mehr zu beherrschen. Bella atmete immer schneller, zerrte an ihren Fesseln, wodurch ihre Hände immer stärker zu schmerzen begannen. Sie versuchte vergeblich, ihre Angst zu unterdrücken, wieder ruhig zu werden, sich von ihren Fesseln zu befreien…doch es gelang ihr nicht. Ihr Körper wurde müde und so bemerkte sie nicht, dass jemand den Raum betreten hatte.

Sie vernahm leise eine männliche Stimme. Bella hatte die Orientierung verloren. Sie suchte den vormals noch vorhandenen Lichtstrahl, aber ihre Augen fielen immer wieder zu. Die Stimme kam näher. Sie klang so, als würde dieser Mann durch einen Trichter sprechen. Sie verstand seine Worte nicht, doch sie spürte die Wut in ihnen. Sie war unendlich müde. Ein dunkler Schleier umhüllte sie. Sie wollte nur noch schlafen. Ohne Schmerzen, ohne diesen Alptraum. Ihr Kopf fiel zur Seite, blutige Haarsträhnen fielen ihr ins Gesicht…sie hörte nicht, wie sie beschimpft wurde, spürte nicht, wie sie wieder geschlagen wurde...sie hatte das Bewusstsein verloren.

*

...seine Wärme strahlte eine wunderbare Behaglichkeit aus. Bella fühlte sich wohl, geborgen. Sie wünschte sich, dass dieses Gefühl nie enden würde. Seine weichen Küsse auf ihrer Stirn gaben ihr wahrhaft das Gefühl, geliebt zu werden. Es übertraf ihre Vorstellung von Liebe und Glück. Das Wissen, dass nichts wichtiger war als jeder einzelne Moment, in dem Matteo bei ihr war.

Er hielt sie fest, berührte sie am Arm, strich langsam zu ihrer Schulter. Er hielt kurz inne, streichelte mit seinen Fingerspitzen ihr Schlüsselbein entlang und weiter zu ihrem Hals. Er ließ seine Zunge immer wieder über ihr Ohr und ihren Hals wandern. Seine Lippen fanden die ihren. Bella schloss die Augen. Seine Zungenspitze fuhr verführerisch über ihre warmen und vollen Lippen. Sie spürte die schmerzhafte Erregung in sich aufsteigen, die sie nur zu gut kannte. Ungeduldig versuchte sie seinen Kuss zu erwidern, aber er ließ es nicht zu. Er wollte sie quälen, in ihrer Leidenschaft vergehen lassen…es schmerzte immer mehr…

*

Den ersten Faustschlag in die Rippen spürte Bella noch nicht, aber der Schlag ins Gesicht holte sie ins Bewusstsein zurück. Sie schrie auf. Ihr Körper brannte, Blut lief ihr über die Lippen, die sich gerade noch so wunderbar angefühlt hatten.

Sie bemerkte jemanden vor sich. Vorsichtig blinzelte sie. Dunkle, furchteinflößende Augen eines ihr unbekannten Mannes starrten sie an.

„Ich hätte dich umbringen sollen, als ich die Gelegenheit dazu hatte! Auch wenn es schade um dich gewesen wäre!"

Ein anderer Mann kam dazu und zog ihn von ihr weg.

„Es reicht jetzt! Du hast gehört, was er gesagt hat! Wir sollten ihr kein Haar krümmen! Sieh sie dir jetzt an!"

Es war nicht einfach, die Männer zu verstehen. Sie sprachen schnell, waren aufgebracht. Bella bemühte sich, ihre Schreie zu unterdrücken, um zu verstehen. Die Männer stritten. Sie mussten schon etwas älter sein, Mitte 50 vielleicht. Beide trugen schwarze Anzüge. So sehr sie sich auch bemühte, sie kannte diese Männer nicht. Es musste ein furchtbares Missverständnis sein. Es überstieg ihre Vorstellungskraft, warum sie sich in dieser Situation befand. Dass es sich um einen Traum handeln könnte, aus dem sie unbeschadet aufwachen würde, war nur noch Wunschdenken. Sie befand sich in der eiskalten Realität…doch warum? Bella erinnerte sich. Sie hatte sich mit Matteo getroffen, er hatte sie abgeholt, sie waren in die alte Ruinenstadt gefahren und hatten den Sonnenuntergang bewundert. Er war ausgestiegen, hatte sie mit sich auf die Rückbank des Wagens gezogen und sie…

„Matteo?"

Bella war überrascht von ihrer eigenen schrillen Stimme. Der Mann mit dem absolut drohenden Blick starrte sie an. Als er auf sie zustürmen wollte, hielt ihn der andere zurück.

„Halt den Mund, du elende Schlampe!", schrie er sie an. Tränen liefen über ihre blutverschmierten Wangen und durchdrängten ihr Shirt.

Sie riss sich zusammen und sprach den anderen Mann an.

„Bitte sagen Sie mir, wo ich hier bin und warum? Und wo ist Matteo?"

Der Mann kam auf sie zu.

„Wir wissen, mit wem du zusammen warst. Wo der verehrte Signore Santoro ist, hat dich nicht zu interessieren. Das Spiel ist vorbei. Und warum du jetzt hier bist, erfährst du früh genug. Wenn du dich ruhig verhältst, passiert dir auch nichts weiter. Du solltest dich ausruhen, bevor wir dich zu ihm bringen!"

Die Stimme des Mannes war bestimmt, streng. Dennoch schien er ein wenig mehr Herz zu haben als sein Kollege. Signore Santoro? Hatte sie diesen Namen nicht schon einmal gehört?

„Sagen Sie mir wenigstens, ob es ihm gut geht." Bella wich zurück, als der Mann laut lachend auf sie zukam. Er zog sie an den Haaren nach oben.

„Übertreibe es nicht, kleine Bella. Du solltest meine vermeintliche Gutmütigkeit nicht allzu sehr ausnutzen. Aber, um dich ein bisschen zu beruhigen, Signore Santoro geht es nur unwesentlich besser als dir." Sein Lachen hallte in Bella nach, als er den Raum verlassen hatte. Er kannte ihren Namen! Sie wagte es kaum mehr zu atmen. Ihr Kopf war leer und gleichzeitig überfüllt mit wirren Gedanken. Hatten sie auch Matteo? Aber warum? Waren sie vielleicht überfallen worden? Doch woher sollten sie dann ihre Namen kennen?

Santoro? Dieser Name kam ihr bekannt vor. Wenn das tatsächlich Matteos Familienname war, woher kannte sie ihn?

Plötzlich fiel es ihr ein. Pietro hatte sie nach Matteo gefragt und dabei diesen Namen genannt. Also musste Pietro ihn doch kennen. Oder etwa nicht?

Sie wurde unsicher. Unsicher, woher Pietro Matteo vielleicht kennen konnte und darüber, welche Rolle sie in dieser Sache spielte. Es gab nicht den kleinsten Ansatzpunkt, an dem sich Bella orientieren konnte.

Sie sah sich um. Nichts kam ihr bekannt vor. Sie wusste nicht, wo sie sich befand. Es konnte eine Lagerhalle sein. Die Backsteinwände waren hoch, weit oben sah sie kleine Fenster. Der Raum, in dem sie sich befand, sah aus, als hätte man hier Maschinen repariert. Einzelne Teile lagen herum, große Schrauben, ein altes Rad und ein Wagenheber. Die Pritsche, auf der sie lag, war mit Ketten an der Wand befestigt. Eine Stange, an die ihre Hände gefesselt waren, hatte wohl früher als Aufhängung für irgendwelche Gerätschaften gedient.

Bella versuchte sich aufzusetzen. Ihre Beine waren eingeschlafen, sie konnte nicht länger in dieser Haltung verharren. Als sie probierte, die Beine zu strecken, spürte sie einen stechenden Schmerz in der Seite. Sie bekam keine Luft mehr. Erst, als sie sich wieder etwas zur Seite drehte, ging es besser. Die Schmerzen waren unerträglich. Sie hatte Durst. Sie schmeckte nur Blut und mochte sich gar nicht vorstellen, welche Verletzungen sie hatte.

Schließlich hatte sie eine Möglichkeit gefunden, sich ein wenig anzulehnen. Sie spürte, wie sie immer ruhiger wurde. Sie hatte keine andere Chance, als abzuwarten, was geschehen würde. Immer wieder fielen ihr die Augen zu, sie war einfach zu schwach, um wach zu bleiben…

Die Sonne scheint, es ist herrlich warm und ich hüpfe und springe an der Hand meiner Mutter am Rand der Straße entlang. Der Tiber funkelt und glitzert im Schein der Sonne. Ich schaue unter dem Geländer hindurch und beobachte die niedlichen Vögel, die sich um das Wasser herum tummeln. Es sieht lustig aus, wie sie ihr Gefieder aufplustern, wenn sie nass werden. Mama hat sich auch mit mir an das Geländer gesetzt und streichelt mir über den Kopf. Ich habe sie so lieb. Und Papa! Er sagte vorhin, dass er noch etwas besorgen wollte und gleich zurück wäre. Wir treffen uns gleich im Park in der Nähe der Engelsburg. Dort steht immer, wenn meine Eltern mit mir hier sind, dieser lustige Puppenspieler. Ich muss Papa unbedingt die besondere Puppe zeigen, die mir so gefällt.

Mama sagt, dass wir jetzt weitergehen und dass Papa sicher gleich da ist. Irgendwie ist sie nervös. Sie schaut auf die Uhr und dann wieder in Richtung Straße. Ich sehe ein Eichhörnchen in einem Baum herumspringen und ziehe Mama mit mir mit. Ist das putzig! Das Eichhörnchen kann super klettern. Wenn ich ein bisschen größer bin, kann ich das vielleicht auch.

„Da ist Papa", sagt Mama erleichtert. Jetzt sehe ich ihn auch. Er ist auf der anderen Straßenseite und winkt uns zu. Er schaut sich um und geht über die Straße, als er sicher ist, dass kein Auto kommt. Er hat mir das auch schon ganz oft erklärt: Man muss immer nach links und rechts schauen und noch einmal nach links, ob vielleicht ein Auto gefahren kommt. Und erst, wenn alles frei ist, darf man über die Straße gehen. Ich bin ganz stolz, dass ich mir das gemerkt habe und es Papa genauso macht.

Plötzlich höre ich ein lautes Quietschen. Auf der Brücke fährt ganz schnell ein Auto die Straße herunter. Papa muss sich beeilen! Er hört das Auto auch und schaut sich um. Er rennt los und hat es gleich geschafft…aber das Auto ist schneller! Ich bete, dass Papa gleich auf dem Gehweg ist, denn da darf das Auto ja nicht fahren. Ich höre, wie Papa ganz laut schreit. Ich verstehe ihn nicht. Das große schwarze Auto ist da! Papa ist schon fast auf dem Gehweg. Niemand steht dort, kein anderes Auto ist auf der Straße. Nur dieses eine und Papa. Es knallt auf einmal laut. Mama schreit seinen Namen! Aber er kann sie nicht hören. Auch nicht mehr sehen. Ich sehe ihn auch nicht mehr. Wo ist er? Das große Auto hat kurz gehalten und fährt jetzt ganz schnell weg. Jetzt sehe ich Papa wieder…er sieht auf einmal anders aus. Die ganze Straße ist rot. Papa liegt dort. Er ist auch ganz rot. Seine Augen sind weit geöffnet. Sein Gesicht und sein Kopf sind auch rot. Ich rufe ihn, so laut ich kann, aber er steht nicht auf. Warum steht er nicht auf? Die rote Farbe kann man bestimmt abwaschen. Mama bekommt das schon hin. Mama schreit. Sie ist auf den Boden gesunken. Ich kauere mich zu ihr. Ich weiß nicht, warum sie schreit und weint. Papa soll endlich kommen…Ich möchte etwas zu Mama sagen, aber meine Stimme ist weg. Sie zieht mich mit sich. Wir rennen ganz schnell. Ich weiß nicht wohin. Ich schaue mich um, aber Papa kommt nicht. Ich wollte ihm doch die Puppe zeigen…

8

Ein Schuss!

Bella zuckte unbewusst zusammen. Beim zweiten Schuss war sie hellwach und dann war es mit einem Mal ruhig. Wie versteinert schaute sie in Richtung Ausgang. Sie zitterte am ganzen Leib. Ihr Herz schien trotz ihres inneren Aufruhrs stehen geblieben zu sein. Plötzlich sah sie jemanden in den Raum kommen. Es war dunkel und sie konnte nur eine männliche Gestalt im Schein einer Taschenlampe erkennen. Der Mann schien etwas zu suchen. Bella verhielt sich ganz ruhig, atmete kaum. Die Angst hatte ihre Vitalfunktionen auf ein Minimum reduziert. Wenn er sie finden würde, wäre es vorbei. Doch sie wusste auch, dass die Hoffnung umsonst war, vielleicht nicht entdeckt zu werden. Sie hatte keine Wahl.

In diesem Moment schien ihr das Licht der Lampe direkt ins Gesicht! In Erwartung eines Schusses oder Schlages erstarrte sie völlig.

„Bella!"

Sie spürte nicht, wie sie vorsichtig hochgehoben wurde.

„Bella, hörst du mich?"

Matteo? War das seine Stimme? Sie war sich nicht sicher, ob sie sich verhört hatte oder ihr die Sinne ein Schnippchen schlugen.

Sie spürte ein vorsichtiges Streicheln über ihre Wange.

„Was haben dir diese Schweine angetan?"

Ein zarter Kuss berührte ihre glühende Stirn. Jetzt war sich Bella sicher! Er war es! Matteo war bei ihr!

Er löste ihre Handfesseln und fing sie mit seinen starken Armen auf. Erst jetzt bemerkte sie, wie unfähig ihr Körper war, sich kontrolliert zu bewegen. Sie hatte kaum Kraft, sich an ihm festzuhalten, als er sie wegtrug.

„Was ist passiert?", flüsterte Bella mit gebrochener Stimme. „Wo sind die Männer?"

„Es ist alles gut. Mach dir keine Sorgen. Ich bin bei dir und bringe dich hier weg", antwortete Matteo leise.

Als Bella vorsichtig die Augen aufschlug, befürchtete sie, wieder in das Gesicht dieser Männer zu blicken. Die Alpträume hatten sie nicht losgelassen. Immer wieder sah sie Blut, Männer mit Pistolen, Matteo, wie er sich rettend vor sie warf, ihren Vater auf der von Blut getränkten Straße und den großen Wagen, der einfach weiterfuhr. Nie zuvor hatte sie diese Träume so intensiv erlebt wie jetzt. Es war schlimmer als je zuvor. Schlimmer als zu der Zeit, als sie Kind gewesen war... Bella hatte damals nicht mehr gesprochen, lange, sehr lange und als sie wieder sprechen konnte, war sie sich nicht sicher, ob es an der Therapie gelegen hatte, zu der sie ihre Mutter gebracht hatte, oder an der Tatsache, dass sie den Verlust ihres Vaters schließlich verarbeitet hatte. Doch jetzt bemerkte sie, dass sie zwar akzeptiert hatte, ihren geliebten Vater verloren zu haben, doch wirklich damit abschließen würde sie nie. Zumal die Umstände seines Todes einfach nicht erklärbar waren. Zumindest nicht für ein 5-jähriges Mädchen. Sophia hatte auch später nie mit ihr darüber gesprochen. Nie. Ihr Vater lebte in ihnen und bei ihnen weiter, auch wenn er nicht anwesend war. Über seinen Tod sprachen sie nicht.

Jetzt war sie allein. Wo sie sich befand, wusste sie nicht. Langsam stützte sie sich auf. Bella bemerkte einen Verband um ihren Bauch. Auch ihre Handgelenke waren verbunden. Als sie ihren schmerzenden Kopf berührte, spürte sie auch über ihrem Auge ein Pflaster. Sie tastete ihr Gesicht ab. Es war angeschwollen, ihr Mund, ihre Wange und auch das rechte Auge. Sie mochte sich gar nicht vorstellen, wie sie aussehen musste. Aber wenn sie ehrlich war, war ihr das in diesem Moment vollkommen egal.

Sie sah sich im Zimmer um. Zu einem kleinen Fenster kamen die wärmenden Sonnenstrahlen herein und ließen den Staub des Zimmers tanzen. Fast konnte man meinen, es war Absicht, dass die Strahlen genau auf ihr Bett schienen. Es sah wunderschön aus. Sie war nicht mehr in dieser Lagerhalle, so viel wusste sie.

Das Bett, in dem Bella lag, war alt. Das Holz war abgesplittert, wohl oft überstrichen, aber es hatte etwas sehr Eigenes, Schönes und Sinnliches an sich. Sicher konnten genau dieses Bett und dieser Raum viele Geschichten erzählen.

Die Zimmerwände bestanden aus alten, gemauerten Wänden, die im Sommer Abkühlung brachten und in den milden Wintern sicher genug Wärme spendeten, um nicht heizen zu müssen. Das Zimmer gefiel Bella, sofort fielen ihr tausend Dinge ein, die sie machen konnte, um einen herrlich gemütlichen Ort zu zaubern. Sie war dankbar für diese Ablenkung von ihren Gedanken, die sie nur wieder zu sehr verwirrten und ihr ihre sonst so souveräne Klarheit nahmen. Ihr fielen die Männer wieder ein. Sofort verschwand ihre Freude über diesen anderen Raum, in dem sie sich jetzt befand. Sie versuchte, sich zu erinnern.

Der Mann, den Bella für etwas freundlicher gehalten hatte, hatte doch gesagt, sie solle sich ein wenig erholen, bis sie sie zu ihm bringen würden. Zu wem bringen? Sie verstand nicht. Vielleicht täuschte sie sich auch. Doch hatte der andere Mann ihr nicht auch gedroht? Er sagte, er hätte sie umbringen sollen, als er Gelegenheit dazu hatte…Adrenalin schoss durch ihren Körper, als sie sich dessen bewusst wurde. Was sollte es jemandem nützen, sie zu entführen oder gar umzubringen?

Das war zu viel für sie und überstieg ihre Vorstellungskraft. Bella vergrub ihr Gesicht in den Händen und ließ ihren Tränen freien Lauf. Ihre Anspannung ließ dadurch etwas nach. Umso erschrockener war sie, als sie plötzlich jemand an der Schulter berührte. Reflexartig zuckte sie zurück und suchte Schutz an der Steinwand hinter ihrem Bett.

Mit weit aufgerissenen Augen starrte sie in das vertraute Gesicht von Pietro. Es dauerte geraume Zeit, bis sie realisierte, wer es war.

„Pietro!", sie sah sich irritiert um.

„Ich verstehe nicht, was machst du hier. Wo sind diese Männer?"

Pietro ging ein Stück auf sie zu und nahm vorsichtig ihre Hand.

„Beruhige dich. Es wird alles gut. Sie sind nicht hier. Du bist in Sicherheit. Vorerst zumindest."

Pietro wandte sich ab. Man sah ihm an, wie unwohl er sich fühlte.

Bella sah ihn fragend an. Sie sagte nichts, sie wartete ab. Ihr kam die Situation surreal vor. Was verschwieg er ihr? Sie hatte ihm vertraut.

Er wandte sich ihr wieder zu.

„Wichtig ist, dass du ihnen entkommen bist und ich bete dafür, dass es so bleibt. Ich werde alles tun, damit du wieder gesund wirst und dir nichts mehr zustößt. Was in meiner Macht steht, werde ich tun, ohne zu zögern. Das bin ich ihr schuldig und auch mir selbst."

Er atmete tief durch. Als er das Unverständnis in Bellas Augen sah, begann er zu reden.

„Du bist hier in Gabriellas altem Sanatorium. Wir haben dich hierher gebracht, um dich zu schützen."

Bella wurde ungeduldig. Noch mehr Fragen durchkreuzten ihre Gedanken. Sie konnte nicht anders, sie unterbrach Pietro.

„Wer? Wer will mich schützen und vor wem? Und wem bist du etwas schuldig?" Sie spürte Wut in sich aufsteigen, sie hatte verdammt noch einmal das Recht zu erfahren, was hier vorging und was sie damit zu tun hatte.

„Es tut mir leid, Pietro, aber ich möchte wissen, wo ich hier hineingeraten bin!"

„Ich weiß, Bella. Ich werde dir alles erklären, soweit ich das kann. Aber du musst mir versprechen, dich zu beruhigen und auszuruhen. Das ist jetzt das Wichtigste."

Sie nickte.

„Matteo hat dich hergebracht. Er kam zu mir und bat mich um Hilfe. Wir haben dich dann hier versteckt. Meine Schwiegertochter hat dich versorgt. Du hast lange geschlafen. Fast zwei Tage. Ich war die meiste Zeit bei dir", sagte Pietro.

„Wo ist Matteo? Woher kennst du ihn?", fragte Bella sofort nach.

„Ich kenne ihn nicht. Er kam zu mir und zeigte mir deinen fast leblosen Körper in seinem Wagen. Ich habe nicht lange gefragt und geholfen. In deiner Ferienwohnung wäre es zu unsicher gewesen. Hier vermutet dich niemand. Das Haus steht schon seit so vielen Jahren leer. Dies ist das einzige Zimmer, welches nicht mit Brettern verschlagen ist. Es ist eigentlich ein Jammer…"

„Pietro, wo ist Matteo?", setzte Bella noch einmal nach.

„Er…ich weiß nicht…"

„Ich bin hier, mein Engel."

Matteo stand in der Tür und schaute sie mitfühlend an. Wie lange er schon da gestanden hatte, wusste sie nicht. Pietro schaute zu ihm auf, als er bei ihnen war. Matteo legte die Hand auf seine Schulter.

„Ich denke, für heute hatte sie genug Aufregung. Ich bleibe jetzt bei ihr. Ich danke dir, Pietro."

Dieser schien zu resignieren und stand auf. Bella beobachtete die Situation genau. Pietro hätte sicher gerne weiter mit ihr gesprochen, aber Matteos Ton hatte so bestimmt geklungen, dass er ihm sofort Folge geleistet hatte.

Matteo jetzt bei sich zu wissen, lenkte Bella ab. Er umarmte sie vorsichtig und liebevoll und gab ihr einen Kuss. Aus den Augenwinkeln sah sie Pietro sich an der Tür noch einmal nach ihr umschauen. Er lächelte ihr zu. Sicher hatte er ihr noch viel zu erzählen, aber momentan war sie dankbar, mit Matteo allein zu sein.

Sie wurde sich ihrer Aufmachung wieder bewusst und schaute beschämt an sich herunter. Sie schlang die dünne Jacke um sich und berührte ihr verletztes Gesicht.

„Es tut mir so leid, was sie dir angetan haben, aber ich verspreche dir, dass das nie wieder passieren wird." Matteo klang schuldbewusst.

„Das wird schon wieder", versuchte Bella ihn zu beschwichtigen und damit ihre Unsicherheit zu überspielen. Als sie seinen traurigen Blick sah, strich sie ihm zärtlich über das Gesicht. Sie konnte gar nicht sagen, wie sehr sie diesen Mann liebte. Er war in ihr langweiliges Leben geplatzt, hatte sie vollkommen durcheinandergebracht und würde ihr Herz nie wieder verlassen können. Diese Gewissheit überwältigte sie so sehr, dass sie zu weinen begann. Matteo verstand, was sie fühlte. Er küsste ihr die Tränen von der Wange.

„Ich liebe dich!", flüsterte er leise. Bellas Körper begann bei seinen Worten zu kribbeln, ein Feuerwerk an Gefühlen, Zuneigung und tiefer Liebe entfachte…sie wollte diesen Moment für immer festhalten, denn sie spürte, dass er es wohl wirklich so empfand…

*

Aneinandergekuschelt lag das Paar in dem schmalen Bett.

„Wie gerne würde ich einfach mit dir hierbleiben. In dieser kleinen Höhle, in der für uns beide alles in Ordnung ist und nichts und niemand uns etwas anhaben kann." Matteo schaute sich um.

„Ich kann mir vorstellen, mit dir in einer einfachen Hütte irgendwo auf der Welt zu leben, ohne Luxus, ohne all die Dinge, die heutzutage so wichtig erscheinen. Ich würde barfuß mit dir im Regen spazieren gehen, die Natur genießen, einfach lebendig sein, mit dir zusammen. Ich kann mir alles mit dir vorstellen, wirklich alles. Nichts wäre wichtiger als wir beide. Es ist unglaublich. Ich habe das Gefühl, durch deine Natürlichkeit zu meiner zurückzukehren. Du bist eine wirkliche Traumfrau für jeden Mann, der dich kennenlernen darf. Warum haben sich unsere Wege nicht schon viel früher gekreuzt?"

Als hätte er ihre Gedanken gelesen. Es war faszinierend, wie ähnlich sie sich in vielen Dingen waren.

Doch Matteos letzter Satz klang traurig. Bella fragte nicht nach. Sie genoss den Augenblick. Genoss seine Nähe und seine Verletzlichkeit. Er war ein Mann, wie sie noch keinen anderen getroffen hatte. Weder Thomas noch ein anderer Mann, den sie kannte, war jemals so einfühlsam gewesen und scheute sich nicht davor, seine eigenen Gefühle zum Ausdruck zu bringen.

Schön wäre es, einfach hierzubleiben, ohne darüber nachzudenken, was gewesen war oder was werden könnte. Dieses Stundenglück für immer festzuhalten…die Zeit einfach anzuhalten, sodass sich nichts mehr verändern würde. Dass es nur eine gefühlsstarke Phantasie und eine Wunschvorstellung war, wusste sie in ihrem tiefsten Inneren, aber nicht, was die nächsten Tage und Wochen tatsächlich noch für sie bereithielten...

Sie musste eingeschlafen gewesen sein, denn als sie die Augen aufschlug, hörte sie jemanden reden. Es war nicht Matteos Stimme. Auch nicht Pietros und als sie das realisierte, war sie plötzlich hellwach. Bella setzte sich auf und versuchte, sich nicht zu sehr aufzuregen. Die Ereignisse der letzten Tage hatten sie sensibilisiert, es war einfach alles möglich. Zwei uniformierte Männer kamen ins Zimmer. Bella starrte sie an. Sie brachte kein Wort heraus. Ob die Uniformen ein gutes Zeichen waren, vermochte sie nicht zu sagen.

Einer der beiden sprach sie direkt an, aber sie reagierte nicht. Vielmehr war sie damit beschäftigt, Matteo zu beobachten, der noch einen weiteren Mann davon abhalten wollte, ins Zimmer zu gelangen. Als er bemerkte, wie irritiert und verängstigt Bella war, stürmte er auf sie zu und stellte sich schützend vor sie.

„Sie hat mit der ganzen Sache nichts zu tun! Lasst sie in Ruhe!"

Bella verstand kein Wort. Was wollte die Polizei von ihr? War es wegen der Entführung oder was auch immer es gewesen war, was sie hatte erleben müssen? Aber warum sagte Matteo dann, sie habe nichts damit zu tun?

„Isabella Morti, ich bin Signore Giuseppe Conti, Carabineri Rom. Ich muss Ihnen einige Fragen stellen!"

Matteo hängte sich wieder dazwischen und versuchte, den Polizisten von seiner Befragung abzuhalten.

„Bitte, Giuseppe, ich habe es dir doch erklärt, es gibt keinerlei Zusammenhang. Bella, also ich meine Signora Morti weiß von all dem nichts! Wäre es so, hätten sie ihr das niemals angetan!"

Wovon wusste sie nichts? Matteos Aussagen brachten sie vollkommen durcheinander. Wovon sprach er eigentlich?
Sie konnte sich nicht länger zurückhalten. Sie stand auf. Matteo versuchte, sie wieder zum Sitzen zu bewegen, aber sie wehrte ab. Bella nahm ihren Mut und ihr kleines bisschen Selbstbewusstsein zusammen und stellte sich vor den Polizisten.

„Ich beantworte Ihnen gerne jede Frage, soweit es mir möglich ist, Signore Conti", sagte Bella. Ihre Unsicherheit merkte man ihrer Stimme nicht an.
Ein kurzer Blick zu Matteo genügte Signore Conti, um ihr Angebot anzunehmen. Forscher, als er es vielleicht wollte, fuhr er mit seiner anfänglichen Ansprache fort.
„Signora Morti, kennen Sie Eduardo Luigi Nicolo Esposito?"
Bella musste nicht groß überlegen. Sie kannte außer Matteo und Pietro niemanden in Rom oder Italien. Sie schüttelte den Kopf, dachte aber dennoch noch einmal nach. Esposito? Der Name kam ihr doch irgendwie

bekannt vor. Esposito...Wenn sie sich recht erinnerte, hatte sie diesen Namen schon vor einiger Zeit im Zusammenhang mit der `Ndrangheta-Mafia, die in Kalabrien, Rom und Deutschland agierte, gehört. Vor einigen Monaten war ihre Kanzlei in eine deutschlandweite Razzia verwickelt, von der auch einer ihrer Mandanten betroffen gewesen war. Glücklicherweise wurden bei diesem keine belastenden Hinweise auf die Zugehörigkeit zur Cosa Nostra gefunden, sodass der Fall schnell wieder vom Tisch war. Der Name Esposito war da auch gefallen. Mehr wusste sie nicht.

„Ich kenne diesen Mann nicht", antwortete Bella wahrheitsgemäß.

Die Antwort hatte Conti erwartet und lächelte wissend.

„Wie erklären Sie sich dann, dass Sie seit Ihrer Recherche zu dem Fall `Ndrangheta im Januar von Espositos Männern beschattet werden?"

Bella schreckte zurück. Ihre Souveränität war vollkommen verschwunden.

Conti bemerkte, dass seine Wortwahl nicht der eines ordentlichen Polizisten, eines professionellen Ermittlers, entsprochen hatte. Er hatte sein Gegenüber verschreckt und jetzt bestand die Möglichkeit, dass Isabella Morti nicht mehr kooperieren würde. Andererseits hatte er seit Jahren endlich einen vernünftigen Anhaltspunkt, um in der Sache Esposito weiterzukommen…sein voreiliger Eifer war demnach nicht ganz unbegründet. Zumindest aus seiner Sicht.

Bella hingegen war absolut schockiert. Sie hatte nicht die leiseste Ahnung, warum sie jemand hätte beschatten sollen, nur weil sie im Zusammenhang mit ihrer Kanzlei mit einem Fall eines Mandanten zu tun hatte. Irritiert schaute sie sich zu Matteo um. Doch er hob hilflos die Hände blickte nach unten. Er schien zu resignieren. Nichts an seinem Verhalten half Bella momentan weiter. Ursprünglich war sie der Meinung gewesen, dass sie in seiner Näher instinktiv wusste, was sie zu tun und wie sie zu reagieren hatte. Aber sein destruktives Verhalten ließ ihr keine Wahl. Sie musste selbst entscheiden, ob sie sich auf diese unkonventionelle Befragung einließe, oder nicht.

Sie atmete kurz durch, setzte sich und schaute Conti selbstbewusst an.

„Signore Conti, ich habe keine Ahnung, wovon Sie sprechen, also helfen Sie mir bitte. Wann und wie wurde ich beschattet und durch wen? Sie scheinen mehr darüber zu wissen als ich."

Aufgrund ihrer Reaktion auf seine direkte Ansprache der Beschattung hätte er nicht damit gerechnet, Isabella Morti jetzt so sicher zu sehen. Das wiederum spornte ihn an, seine Befragung fortzuführen, sie schien etwas zu verbergen, zumindest war es möglich, dass sie doch etwas wissen könnte, was ihm weiterhalf.

„Unsere Ermittlungen haben ergeben, dass Sie Kontakt zu einigen Männern der Mafiaorganisation `Ndrangheta gehabt haben. Es gab in Ihrer Kanzlei, wie auch in vielen anderen in ganz Deutschland, Razzien, um Verbindungen zu den Hintermännern in Kalabrien und Rom herstellen zu können. Sie haben einige Schriftstücke im Auftrag verfasst, die Ihrem Mandanten eine Zugehörigkeit zur Mafia abgesprochen haben. Stichfeste Beweise gab es allerdings nie. Weder in die eine, noch in die andere Richtung. Da wir jedoch aus polizeilicher Sicht damit nicht zufrieden waren, sind einige unserer verdeckt arbeitenden Ermittler an der Sache drangeblieben und haben einige neue Ansätze gefunden. So zum Beispiel, dass Lorenzo Manzara, Espositos rechte Hand, kurz nach Beendigung der Ermittlungen in Deutschland in Ihre Heimatstadt gereist ist und Sie nicht aus den Augen gelassen hat. Kennen Sie diesen Mann vielleicht? Und ist es nicht auch ein komischer Zufall, dass Sie ausgerechnet jetzt hier in Rom verweilen, um Urlaub zu machen?" Conti sah Bella ernst an.

Sie hatte Mühe, seinem Blick standzuhalten. Dieser Mann sprach in Rätseln. Sie dachte kurz nach, ob hinter diesen Unterstellungen etwas Wahres stecken konnte. Sie konnte sich weder an jemanden erinnern, der sie beobachtet haben könnte, noch sagte ihr der Name Manzara etwas.

„Signore Conti, ich befürchte, Sie verwechseln mich. Es stimmt zwar, dass ich vor einigen Monaten Teil dieses Falls in unserer Kanzlei war und auch, dass ich verschiedene Schriftstücke für meine Anwälte verfassen musste, aber ich bin lediglich eine Rechtsanwaltsgehilfin, keine Rechtsanwältin. Wenn ich diese Schreiben unterschrieben habe, dann ausschließlich im Auftrag des jeweilig beteiligten Anwaltes oder einer Anwältin. Von einem Lorenzo Manzara habe ich noch nie gehört. War dieser Mann Teil der damaligen Verhandlungen?"

Conti lachte.

„Als ob Sie das nicht wüssten, Signora Morti. Nein, Manzara war nicht Teil dieser Verhandlungen, er war einer Ihrer ständigen Begleiter, die Sie ja, wie Sie mir glaubhaft machen wollen, nicht bemerkt haben."

Conti wurde langsam ungehalten.

Bella versuchte, sich und auch ihn zu beruhigen. Sie musste erst einmal verdauen, dass sie möglicherweise schon über Monate beobachtet worden war und dass ihre Entführung hier auch damit zu tun haben könnte. Sie durfte jetzt nicht die Nerven verlieren.

„Ich würde Ihnen gerne weiterhelfen, aber ich weiß nicht, wie. Ich habe mit dieser ganzen Sache nichts zu tun. Vielleicht wäre es hilfreich, wenn Sie mir ein Foto dieses Manzara oder von, wie hieß er noch, Esposito zeigen könnten? Vielleicht habe ich sie schon einmal gesehen." Bella schaute Conti überzeugt an.

Der wusste nicht, was er sagen sollte. Entweder führte diese Frau ihn an der Nase herum oder sie wusste wirklich rein gar nichts. Das ergab jedoch keinen Sinn. Sie musste auf irgendeine Weise in die Sache verwickelt sein.

„Signore, wäre das möglich? Ich muss gestehen, dass Sie mich mit dieser Sache sehr verunsichern und ich so vielleicht herausfinde, was in den letzten Tagen vorgefallen ist." Ihre Stimme begann zu zittern. Es kam ihr so vor, als wäre sie nicht mehr sie selbst. Nicht die Frau zumindest, die sich entschieden hatte, ein paar sorglose Tage oder Wochen in Rom zu verbringen, um ihrem eintönigen Leben zu entkommen.

Conti sah zu seinem Kollegen. Der zuckte mit den Schultern. Dann nahm Conti sein Handy zur Hand und schien etwas zu suchen. Währenddessen nahm Bella Matteos Hand. Er sah sie verunsichert an. Sie konnte den Blick nicht wirklich deuten, Angst, Trauer…sie wusste es nicht. Er zog seine Hand wieder zurück und vergrub sein Gesicht darin. Viel lieber, als sich weiter mit Conti auseinanderzusetzen, würde Bella erfahren, was mit Matteo los war. Sie hatte ein ungutes Gefühl. Dass er Signore Conti kannte, hatte sie schon bemerkt, sonst hätte er ihn nicht geduzt, aber in welcher Verbindung sie zueinander standen, ahnte sie nicht…

„Signora Morti, schauen Sie, das ist Lorenzo Manzara!"

Conti hielt ihr das Handy hin.

Sie starrte auf einen Mann, abgelichtet im Profil, bekleidet mit einem schwarzen Anzug. Im Hintergrund erkannte sie den Kiosk vor ihrer Kanzlei auf dem Marktplatz. Erschrocken hielt sie die Luft an. Dieser Mann war tatsächlich ganz in ihrer Nähe gewesen. Doch aufgefallen war ihr das nicht. Bella nahm Conti das Handy aus der Hand. Das Gesicht kam ihr beim näheren Hinsehen bekannt vor. Doch es wollte ihr nicht einfallen, woher. Als sie Signore Conti das Handy schon wieder geben wollte, kam ihr ein grausamer Gedanke. Sie schaute noch einmal genauer hin.

Gott! War das möglich? Dieser Mann konnte derjenige sein, der ihr gesagt hatte, dass er sie besser hätte umbringen sollen, als er die Gelegenheit gehabt hatte.

Nein, er konnte es nicht nur sein, er war es!

Sofort warf sie Conti das Handy zu, als hätte sie sich verbrannt. Ihr Gesichtsausdruck war wie versteinert. Bella suchte Halt. Matteo kam ihr zur Hilfe. Es vergingen einige Sekunden, bis sie wieder einigermaßen bei sich war.

„Signora Morti, kann ich davon ausgehen, dass Sie ihn doch kennen?", fragte Conti. Der Sarkasmus in seiner Stimme war nicht zu überhören.

Bella nickte.

„Er ist einer der Männer, die mich gefangen gehalten und so zugerichtet haben. Ich habe seine Augen wiedererkannt. Er hat mir gedroht, mich umzubringen."

„Wie bitte?", schrie Conti.

Er wandte sich Matteo zu.

„Matteo? Hast du mir vielleicht etwas zu sagen?"

Conti schien noch wütender als zuvor.

Matteo war aufgestanden und auf Conti zugegangen. Er versuchte, ihn zu beschwichtigen.

Er nahm seinen Arm und versuchte, ihn mit nach draußen zu ziehen.

„Sag mir nicht, dass du dafür verantwortlich bist, dass Manzara jetzt im Krankenhaus liegt, Matteo!"

9

Von dem Gespräch bekam Bella nichts mit. Matteo war mit dem Polizisten gegangen. Der andere war bei ihr im Zimmer geblieben. Er sagte nichts. Auch sie sagte nichts mehr. Sie hätte auch nicht gewusst, was sie noch sagen sollte. Sie hatte das Gefühl, dass ihr momentan alles entglitt. Wer war Matteo? Was hatte er womöglich mit der Entführung zu tun? Und was war der Grund für alles? Ihre Gedanken drehten sich im Kreis. Sie hatte Antworten verdient und sie würde sie auch bekommen. Auch wenn sie wusste, dass sie ihr nicht gefallen würden…

Es dauerte mehr als eine halbe Stunde, bis Matteo wieder ins Zimmer kam. Ohne ein Wort kam er auf Bella zu, sah sie an und küsste sie. Er stöhnte kurz auf, bevor er von ihren Lippen ließ und sich neben sie setzte. Immer darauf bedacht, ihr nicht weh zu tun.
„Kannst du mir bitte erklären, was hier los ist?" Bella konnte nicht mehr länger warten.
Matteo nickte.
„Ja, das tue ich. Es tut mir unendlich leid, was du hast durchmachen müssen. Ich hätte das verhindern sollen. Aber die Schweine haben uns in der alten Hafenstadt erwischt." Erst jetzt bemerkte Bella, dass Matteo eine Wunde am Hinterkopf hatte, die bisher durch seine

Haare verdeckt gewesen war. Behutsam strich sie darüber und wartete darauf, dass er weitersprach.

„Ich bin Polizist. Es war kein Zufall, dass wir uns auf dem Petersplatz getroffen haben."

Er schaute Bella traurig an. Sie ließ von ihm ab. Etwas zu sagen, war ihr nicht möglich.

„Du darfst mich jetzt bitte nicht falsch verstehen. Ich habe dich das erste Mal gesehen, als du in deine Ferienwohnung gegangen bist. Ich war einfach von der ersten Sekunde an vollkommen fasziniert von dir. Nicht ein einziges Wort war gelogen. Ich habe mich Hals über Kopf in dich verliebt, auch wenn ich es nicht durfte. Mein Auftrag war, dich zu beobachten und herauszufinden, welche Verbindungen du zu Esposito hast. Aber nachdem ich dich kennengelernt hatte, war mir klar, dass du mit diesen Leuten nichts zu tun haben kannst. Ich habe das auch Conti erklärt, wir kennen uns schon viele Jahre, doch er ist so davon besessen, diesem Mann das Handwerk zu legen, dass er das Offensichtliche übersieht. Du warst unser einziger Hinweis auf seine Machenschaften in Deutschland und die Verbindungen zu den großen Drogenbossen. Um Menschenhandel geht es ebenfalls und wie du sicher weißt, sind die Mafiaorganisationen ein sehr großes Problem in unserem Land. Ich selbst habe allein in Kalabrien schon als Jugendlicher viele Menschen sterben sehen. Die Polizei war machtlos. Mir wurde immer gesagt, ich solle mir darüber keine Gedanken machen, aber ich wollte dagegen ankämpfen. Deshalb wurde ich Polizist."

Bella schüttelte ungläubig den Kopf.

„Ich verstehe immer noch nicht, was ausgerechnet ich damit zu tun haben soll? Nur, weil die Kanzlei, in der ich angestellt bin, möglicherweise mit diesen Leuten in einem Mandatsverhältnis steht, erschließt sich mir meine Rolle in diesem Spiel nicht."

Matteo senkte den Kopf.

„Du wirst von Manzara und seinen Leuten seit Monaten observiert. Da wir ihn unsererseits unter Beobachtung haben, sind wir zwangsläufig auf dich gestoßen. Conti hat es dir vorhin versucht zu erklären", antwortete Matteo.

Bella atmete tief durch.

„Du sagst mir also ernsthaft, dass ich von der Mafia und der Polizei beschattet werde und du kannst mir nicht einmal genau sagen, warum das so ist?" Bellas Stimme klang ein wenig ironisch.

Matteo stand auf. Er lief ein paar Mal hin und her, bevor er sich vor sie hinhockte.

„Ja. Ich kann es nicht anders sagen. Mehr haben wir im Moment nicht. Aber Bella, viel wichtiger ist, dass du mir glaubst, was uns betrifft. Ich habe das nicht geplant, du bist mir irgendwie einfach passiert…"

Er hatte ihre Hände genommen und schaute flehend in ihre grün leuchtenden Augen, die sich langsam mit Tränen füllten.

Sie räusperte sich, um ihre Fassung wiederzuerlangen.

„Matteo, was meinte Signore Conti vorhin mit seiner Aussage über Manzara? Was ist nach unserem Treffen am Meer passiert?"

Matteo starrte ins Leere.

Er sagte nichts. Aber warum nicht?

Es dauerte eine Weile, bis er endlich antwortete.

„Ich kann es nicht genau sagen, aber was ich weiß, werde ich dir erzählen. Keine Lügen mehr. Ich erinnere mich an den traumhaften Sonnenuntergang am Meer, den herrlichen Abend und die sagenhafte Nacht mit dir in meinem Wagen. Ich hielt dich im Arm, wir schauten uns die Sterne an und irgendwann, nachdem wir uns geliebt hatten, müssen wir eingeschlafen sein. Als ich aufwachte, stand die Tür meines Wagens offen, es war taghell, Leute kamen vorbei und starrten mich süffisant an, aber du warst weg. Mein Kopf brummte, als hätten wir getrunken, aber der Wein, den du mitgebracht hattest, war nicht einmal halb leer. Ich bemerkte die Wunde und nach und nach reimte ich mir zusammen, was passiert war. Manzara und seine Leute müssen uns aufgelauert haben. Die ganze Zeit, in der wir zusammen waren, habe ich ihn und seine Schläger nicht mehr in deiner Nähe gesehen. Deshalb bin ich wohl so leichtsinnig geworden und traf mich mit dir an diesem schönen Ort. Ich habe nicht nachgedacht, es tut mir so leid, ich hätte auf dich aufpassen müssen. Sie haben mich niedergeschlagen und dich mitgenommen. Anders konnte ich es mir nicht erklären und ich sollte recht behalten. Nachdem ich meine Kollegen informiert hatte, gab es einen Hinweis, dass Manzara im alten Silo außerhalb der Stadt gesehen worden war. Ich bin sofort hingefahren. Ich konnte sie sehen, sie waren nur zu zweit. Doch ich wusste nicht, was mit dir war, wo du warst, was sie dir getan oder noch vorhatten. Die schlimmsten Gedanken sind mir durch den Kopf gegangen, ich war wie elektrisiert, wütend, auf mich selbst und auf diese kaltblütigen Kerle. Ich bin einfach, ohne zu überlegen oder Verstärkung anzufordern, in die Halle gegangen, in die ich Manzara habe gehen sehen. Es war so einfach. Sie standen zusammen und lachten. Sie fühlten sich sicher…

Ich schoss, ohne nachzudenken…

Dann rannte ich sofort los, um dich zu suchen.

Ich hatte das Gefühl, dich zu verlieren oder bereits verloren zu haben. Ich kann es nicht beschreiben oder erklären, aber dieses Brennen in meiner Brust wurde immer schlimmer.

In dieser kleinen dunklen Kammer mit dieser alten Maschine fand ich dich, kaum noch lebendig an der Wand festgekettet, geschlagen, verletzt…Du bist in meinen Armen zusammengesunken und ich habe mir geschworen, dich nie wieder allein zu lassen."

Matteos Stimme wurde brüchig. Er hielt inne und wich Bellas Blick aus.

Langsam erkannte Isabella die Zusammenhänge. Sie war also seit Anfang des Jahres, nachdem sie an einem Fall in ihrer Kanzlei mitgearbeitet hatte, der mit einer

Mafiaorganisation zu tun hatte, von deren Leuten beobachtet worden. Als sie nach Rom gereist war, hatte sie, nicht durch Zufall, wie sie jetzt wusste, Matteo Santoro kennengelernt. Nicht wie erhofft, war er ein wunderbarer Mensch, eine schicksalhafte Begegnung, ein Mann, in den sie sich verliebt hatte. Er war Polizist. Ein Polizist, der sie ebenfalls observiert hatte. Sie war entführt worden und von Matteo aus den Fängen der Mafia gerettet. Er hatte auf diese Leute geschossen und zumindest einen von ihnen verletzt… Bei dieser Erkenntnis schoss ihr das Blut in die Adern. Sie bemerkte plötzlich jede einzelne ihrer glücklicherweise nicht so schweren Verletzungen, die sie schmerzlich daran erinnerten, dass dies alles nicht nur ein völlig verrückter Alptraum war.

Doch eines erschloss sich ihr in diesem Wirrwarr noch immer nicht. Warum? Warum sie? Was hatte sie mit dieser Sache zu tun?

„Bella, glaubst du mir?"

Sie wusste nicht, was sie antworten sollte. Was sollte sie glauben? Dass er sie belogen hatte und trotzdem lieben würde? Dass all diese Dinge vielleicht nicht passiert wären, wenn sie sich nicht begegnet wären?

„Wenn ich ehrlich bin, weiß ich nicht, was ich noch glauben oder wem ich vertrauen soll. Alles, was ich weiß, ist, dass ich in diese Stadt gekommen bin, um mit der Vergangenheit abzuschließen und die Erinnerungen an meine Mutter auf eine ganz andere Art aufleben zu lassen. Sie hat diese Stadt geliebt, so wie ich es auch tue. Nichts weiter wollte ich, stattdessen bin ich in diese Farce hineingeraten, die ich mir nicht erklären kann, Matteo."

Bella schüttelte den Kopf und wandte sich von ihm ab. Sie stand auf und ging langsam zur Tür.

„Ich möchte jetzt allein sein."

Sie bemühte sich erst gar nicht, ihre Tränen zurückzuhalten.

„Bella, nein. Bitte. Ich kann dich nicht allein lassen. Nicht wegen dieser Verbrecher und auch, weil ich es nicht will. Ich möchte bei dir bleiben. Ohne dich halte ich es keine Stunde aus."

Ihr Blick verriet ihm, dass sie es ernst meinte und er konnte es sogar verstehen.

Er ging auf sie zu. Er sah ihren Schmerz, in ihren Augen, in ihrer Seele und er wusste, dass er dafür verantwortlich war. Er durfte jetzt nicht darüber nachdenken, was er ihr noch verheimlichte. Das brach ihm das Herz...

„Es ist alles gut, mein Engel. Ich weiß, du brauchst Zeit. Pietro wird auf dich achten. Nur er und die Kollegen wissen, wo du bist. Hier können sie dich nicht finden."

Bella nickte nur abwesend, als er ihr einen Kuss auf die Stirn gab.

Als er gegangen war, brach sie weinend auf dem Boden zusammen.

Seinen schmerzerfüllten Schrei, als er später in seinem Wagen saß, hörte sie nicht, aber ihr Herz fühlte ihn.

*

Pietro fand Bella noch immer auf dem Boden sitzend. Er hatte gehofft, dass es ihr langsam besser ginge, aber das hatte er nicht erwartet. Sie war ein Häufchen Elend und er kam sich genauso hilflos vor, wie vor vielen Jahren genau hier in diesem Zimmer...

Pietro wiegt sie in seinen Armen, bis sie sich beruhigt hatte. Bella wischte sich die Tränen von den Wangen und entschuldigte sich bei ihm.

„Kleine Bella, du hast jeden Grund zu weinen und keinen, dich entschuldigen zu müssen. Ich wüsste nicht, wie ich in deiner Situation reagiert hätte. Hat Signore Santoro etwas sagen können? Wer hat dir das angetan?"

Bella antwortete zunächst nicht.

Nachdem sie etwas gegessen und getrunken hatte, erzählte sie ihm, was Matteo gesagt hatte. Pietro hörte aufmerksam zu.

„Wusstest du, dass Matteo Polizist ist?", fragte Bella nach. Pietro schüttelte den Kopf.

„Gewusst habe ich es nicht, aber ich habe seinen Namen schon einmal im Zusammenhang mit den Ermittlungen der hiesigen Polizei gehört." Er klang nachdenklich und schien seine Gedanken immer wieder zu verwerfen. Es war nicht einfach für ihn zu verstehen, was passiert war, doch er hatte eine beängstigende Ahnung…

Es war spät geworden und seine müden Knochen riefen nach Ruhe. Obwohl er wusste, dass Bella hier nicht gefunden werden konnte, machte er sich ein wenig Sorgen. Niemand wusste, dass dieses eine Zimmer in Gabriellas altem Sanatorium noch ab und zu von ihm genutzt wurde, um in alten Erinnerungen zu schwelgen. Ihr Zimmer.

Pietro bat seinen Sohn, in der Nacht nach Bella zu schauen.

Als er am nächsten Morgen mit einem Kaffee wieder in Gabriellas altes Zimmer kam, schlief sie noch. Aber sie schien spät eingeschlafen zu sein. Sie hatte die Verbände von ihrem Gesicht und den Händen gelöst. Ihre Locken waren zu einem Zopf gebunden. Sie sah aus wie ein verletzter Engel, der seinen Kampfeswillen zurückerlangen wollte.

Pietro hatte ein paar persönliche Dinge und Kleidung aus ihrer Ferienwohnung holen lassen, damit sie sich wieder ein wenig wie sie selbst fühlte.

Der Geruch des Kaffees hatte ihre Lebensgeister geweckt und sie setzte sich verschlafen auf. Sie lächelte Pietro dankbar an.

„Deine Wunden sind schon gut verheilt", sagte er und gab ihr den Kaffee.

Er selbst hatte in der Nacht nicht viel geschlafen. Es trieb ihn um. Er musste mit Bella reden. Er war es ihr schuldig.

Er bat sie, ihm zuzuhören. Geduldig wartete Pietro, bis sie ausgetrunken hatte, bevor er seine Geschichte begann…

10

„Zu Zeiten des Krieges gab es hier in diesem Sanatorium kaum ein Zimmer, welches nicht belegt war. Gabriella und ihre Schwestern hatten so viel zu tun, dass es kaum Zeit für private Vergnügen gab. Die wenigen Momente verbrachte ich mit Gabriella zusammen, bei Spaziergängen oder eben hier, in diesem Zimmer. Wir redeten über alles, lasen zusammen...wir waren die besten Freunde. Etwas später, nach dem Krieg, lernte ich meine zukünftige Frau kennen, wie du weißt. Gabriella aber blieb immer allein. Ich machte mir Sorgen um diese wunderschöne Frau, die nur ihre Arbeit im Kopf hatte. Sie sollte das gleiche Glück erfahren wie ich. Also haben ihre Schwestern, die inzwischen alle verheiratet waren, meine Maria und ich einen Plan geschmiedet, um für Gabriella einen Mann zu finden. Eigentlich hätte ich wissen müssen, dass es ein sinnloses Unterfangen war, weil sie sich nie darauf einlassen würde. Sie hatte ihren eigenen Kopf und für Männer an ihrer Seite nicht wirklich viel übrig. Aber wider Erwarten hatte sie sich irgendwann dazu überreden lassen, Marias Cousin auf einen Kaffee zu treffen. Ich sagte ihr damals nicht ganz die Wahrheit. Ich pries Luciano an wie guten Wein und stellte ihn Gabriella als ausgezeichneten Geschäftsführer für ihr Sanatorium vor. Sie brauchte Unterstützung, das wusste sie, und deshalb ließ sie sich auf ein Treffen ein. Luciano war ein gutaussehender junger Mann, der in seinem jungen Leben schon viel erreicht hatte. Er kam aus einer angesehenen Familie außerhalb Roms und half seinem Vater bei der Leitung eines kleinen Hotels. Gabriella kannte ihn bereits vom Sehen und deshalb verlief das erste Treffen wirklich herzlich. Maria und ich beobachteten die beiden jedes Mal, wenn Luciano sie abholte. Sie verstanden sich gut, es war schön, sie zusammen zu sehen und wir waren sehr zuversichtlich, dass aus dieser Freundschaft mehr werden würde.

An einem wunderschönen Nachmittag entschlossen wir uns, spontan ein Familienfest zu feiern. Hätte ich damals schon gewusst, wie es enden sollte, hätte ich alles getan, um dieses Fest zu verhindern...

Da im Sanatorium nicht viel zu tun und alle Anwesenden versorgt waren, ließ sich Gabriella überreden, schon ein wenig früher mit dem Fest zu beginnen. Sie bereitete mit Maria etwas zum Essen zu, während meine Brüder und ich den Hinterhof aufräumten, Bänke aufstellten und uns um die Getränke kümmerten. Als ich ein wenig später nach den Frauen schauen wollte, waren dann zwar ihre Schwestern da, aber sie selbst nicht. Maria meinte, sie hätte sich kurz verabschiedet, weil sie noch etwas zu erledigen hatte.

Viel später, wir saßen alle gemütlich zusammen und auch Luciano wartete schon eine ganze Weile, kam Gabriella wieder dazu. Sie begrüßte zuerst alle herzlich, bis sie auch auf Luciano zuging und ihn kurz *umarmte. Ich wusste, was das bedeutete. Ich beobachtete sie. Irgendetwas schien nicht zu stimmen. Sie war von Natur aus eine fröhliche und herzliche junge Frau, aber gerade in diesem Moment sah sie richtiggehend glücklich aus. Ich war fest entschlossen, sie darauf anzusprechen. Der Abend war schon angebrochen, der Wein war zur Genüge geflossen, da schnappte ich mir Gabriella und bat sie, sich kurz mit mir zu unterhalten. Sie wirkte fast ein wenig übermütig, nicht zuletzt deshalb, weil sie sonst sehr selten etwas trank. Sie ließ sich neben mich auf die Bank fallen und seufzte zufrieden.*

„ Was kann ich dir Gutes tun, mein lieber Pietro?", fragte sie mich und ich sah das erste Mal an diesem Abend, wie ihre Augen leuchteten. Ich lachte und antwortete: „Verrate mir, was dich im Moment so glücklich macht."

Gabriella warf die Hände in die Luft und verdrehte die Augen. „Dir entgeht aber auch gar nichts. Dass ich dir nichts vormachen kann, weiß ich. Aber ist es denn so wichtig, warum ich glücklich bin? Reicht es nicht aus zu wissen, dass es so ist?" Sie zwinkerte mir frech zu und gab mir eine kleine Kopfnuss. Jetzt war ich es, der die Augen verdrehte. Ich hätte es wissen müssen. Sie hatte ja recht. Wir vertrauten uns blind, aber auch sie hatte ab und an ihre Geheimnisse vor mir. Damals wäre es mir lieb gewesen, wenn ich bereits alles gewusst hätte, doch die ganze Wahrheit erfuhr ich erst später.

Ich deutete auf Luciano, der sich immer wieder zu uns umdrehte.

„Mit ihm hat es wohl nichts zu tun?", fragte ich ein wenig enttäuscht, da ich die Antwort bereits kannte.

„Ich mag ihn wirklich sehr und vielleicht nehme ich auch seine Hilfe im Sanatorium an, aber dein Plan, den du offenbar mit deiner Frau geschmiedet hast, geht nicht ganz auf, großer Bruder. Es tut mir leid", sagte sie lächelnd. Ich wollte noch fragen, ob es vielleicht jemand anderen gab, aber da war sie bereits aufgestanden, zog mich mit sich und begann zu tanzen. Auch Maria kam dazu und ich beschloss, den Abend einfach mit den beiden wichtigsten Frauen in meinem Leben zu genießen.

Wir saßen am späten Abend noch alle gemütlich zusammen, Gabriella unterhielt sich angeregt mit Luciano, als ich bemerkte, wie sich drei Männer durch den Hauseingang dem Hof näherten. Da es dunkel war, konnte ich nicht viel erkennen, machte mir aber nicht wirklich Gedanken darüber. Vielleicht kamen nur noch ein paar Gäste, die sich zu uns gesellen wollten. Schließlich war bei uns stets jeder willkommen.

Ich wollte gerade aufstehen und sie begrüßen, als einer von ihnen plötzlich eine Waffe zog und auf mich richtete! Auch die andern beiden zogen eine Waffe! Ich wich zurück und stellte mich instinktiv schützend vor Maria. Der erste Mann schaute sich kurz um, während die anderen ihre Waffen bedrohlich hin und her schwenkten. Alle drei waren mit einem schwarzen

Trenchcoat und einem Hut bekleidet. Dann ging plötzlich alles so schnell, dass keiner der Anwesenden mehr reagieren konnte.

Der vordere Mann riss Gabriella derb beiseite und feuerte ohne zu zögern auf Luciano.

Der sackte mit weit aufgerissenen Augen in sich zusammen. Unsere Schreie erstickten unter den Schüssen. Luciano war sofort tot.

Was in den nächsten Minuten geschah, weiß ich bis heute nicht mehr. Ich kann mich nur noch an das lähmende Gefühl erinnern, die Fassungslosigkeit und den Schock, der uns alle für Minuten festhielt. Keiner von uns bemerkte anfangs, dass auch Gabriella blutüberströmt zusammengebrochen war. Erst als wir hörten, dass sich Carabinieri näherten wurden wir aus unserer Lethargie gerissen. Gabriellas Schwester stürzte sich auf sie und schrie aus Leibeskräften. Ich habe bis heute den Gesichtsausdruck von Gabriella vor Augen. Das Leuchten war verschwunden. Sie lag mehr als dass sie saß neben dem vollkommen entstellten Leichnam Lucianos. Ihr Blick ging unnatürlich schnell hin und her. Sie schien völlig abwesend. Es war nicht auszumachen, ob sie ebenfalls verwundet war, aber sie lebte!

Maria und ich versuchten sie ein wenig aufzusetzen, um zu sehen, ob sie verletzt war. Doch es war nichts zu finden. All das Blut an ihrer Kleidung war offenbar das von Luciano. Die Carabinieri standen plötzlich im Hinterhof und gab jedem von uns strikte Anweisungen.

Irgendwann fand ich mich mit Gabriella und einigen anderen in einer Ecke sitzend wieder und einer der Polizisten redete unaufhörlich auf uns ein. Ich verstand ihn nicht und ich antwortete auch nicht. Auch Gabriella war nicht in der Lage, irgendein Wort von sich zu geben.

Später wurden wir alle ins Sanatorium gebracht. Es war ein Arzt bestellt worden, der sich um uns kümmern sollte. Zum großen Glück war niemand weiter verletzt worden, zumindest nicht körperlich. Aber unser aller psychische Verfassung war nicht ansatzweise in Ordnung. Natürlich hatte es schon oft in der Stadt solcherlei Vorfälle gegeben. Es gab sie immer wieder. Wir lebten in Rom. Viele rivalisierende Mafiafamilien terrorisierten die Stadt. Doch bisher waren nur selten Unschuldige ums Leben gekommen. Umso schwieriger war es zu verstehen, was Luciano oder wir alle damit zu tun haben sollten. Doch die Polizei war überzeugt, dass es sich hier um einen Mafiamord gehandelt haben musste. Die Vorgehensweise war typisch gewesen. "

Bella war schockiert. Eigentlich war sie dankbar gewesen, dass Pietro sie mit seiner Erzählung von ihrer Situation abzulenken versuchte, vor allem konnte und wollte sie nicht an Matteo denken. Aber mehr und mehr hatte sie das Gefühl, immer weiter in eine Geschichte hineingezogen zu werden, mit der sie nichts zu tun hatte und zu tun haben wollte. Sie wusste nicht, warum er ihr all das erzählte, obwohl sie sich sehr für Gabriella interessierte.

Pietro war still geworden. Seine Gedanken schweiften ab in die Vergangenheit und Bella merkte ihm an, dass es ihm nicht leicht fiel, darüber zu reden. Sie strich dem alten Mann sanft über die Wange. Dankbar nahm er ihre Hand und schaute sie an: „Kleine Bella, du weißt so viele Dinge nicht und wahrscheinlich wäre es besser gewesen, du hättest nie etwas mit all dem zu tun gehabt."

Sie schüttelte ungläubig den Kopf. „Pietro, was meinst du damit? Langsam machst du mir Angst!"

„Nein, die musst du nicht haben. Ich werde nicht zulassen, dass dir noch einmal etwas passiert. Die Polizei muss dich beschützen und ich werde es auch tun, so gut es geht. Ich habe schon damals nichts tun können…" Wieder schwieg er und schaute zu dem kleinen Fenster. „Pietro! Bitte! "

„Ja, du hast ja recht, Bella. Weißt du, als du vor einiger Zeit ins „La Luna" gekommen bist, habe ich dich doch ein wenig seltsam angeschaut, erinnerst du dich?" Sie nickte. „Ich habe dich an diesem Tag nicht zum ersten Mal gesehen…"

Plötzlich wurde er unterbrochen. Er schaute zur Tür und dann wieder zu Bella. Als die zur Tür schaute, stockte ihr für einen Moment der Atem. Sie hatte nicht damit gerechnet, dass Matteo zurückkommen würde. „Wir können auch später weiterreden. Vielleicht solltest du erst einmal mit dem jungen Mann sprechen."

*

Bella wich Matteo zunächst aus. Sie war durcheinander. Es war ihr alles zuviel, auch wenn sich ihre Seele nach ihm sehnte, war die Belastung im Moment einfach zu groß. Sie hatte Mühe, ihre Gedanken zu ordnen, ihre Gefühle zu sortieren, nicht vollkommen den Verstand zu verlieren. Immer wieder versuchte sie sich einzureden, dass sich alles klären und sie ihr normales Leben bald wieder zurückhaben würde. Auch wenn sie sich sonst nie sicher war, ob sie dieses Leben so hatte leben wollen. Jetzt fehlte ihr die Normalität. Den Ausblick aus dem einzigen Fenster genoss sie gerade genauso wie in den letzten unzähligen Stunden. Es war wie ein Blick in das Herz dieser wunderschönen Stadt, abseits des Trubels und der unschönen Dinge, die dennoch passierten. Der Wein hing schwer an dem alten Gemäuer und würde er noch ein paar Jahre wachsen, könnte man nicht mehr aus dem Fenster sehen. Die Sonne spiegelte sich in den dunkelgrünen Blättern und tauchte das Zimmer in ein mystisches Licht.

Bella spürte, wie sich Matteos Arme behutsam um ihren Körper legten. Er vergrub zaghaft sein Kinn in ihrer Halsbeuge und schmiegte seinen Körper eng an sie. Er spürte, wie sie zitterte, er fühlte ihre Unruhe und ihre Zweifel, aber er fühlte auch ihre unbändige Stärke. Matteo hätte sich gewünscht und darum gebeten, dass ihre Begegnung anders verlaufen wäre, nichts von dem, was Bella zugestoßen war, hätte passieren dürfen…auch er hätte ihr nie begegnen sollen, das wusste er, wenngleich er genau dafür unendlich dankbar war.

Beide waren nicht in der Verfassung zu reden. Vielleicht war es auch gar nicht nötig.

Hatte er ihr Vertrauen missbraucht? Hatte er sie belogen? Ja. Aber dafür gab es Gründe, die Bella zwar nicht verstand, aber akzeptieren konnte.

Es fühlte sich einfach gut und richtig an, wenn er sie im Arm hielt und das war für sie in diesem Augenblick wichtiger denn je. Sie brauchte gerade jetzt das Gefühl der Geborgenheit, der Sicherheit, einen Ort, an dem sie sich zu Hause fühlte, um all diese unverständlichen Ereignisse für eine Zeit vergessen zu können.

Genau dieses Gefühl gab ihr Matteo. Bei ihm war sie zu Hause. Sie hatte so etwas vorher nie gespürt, aber jetzt wusste sie, dass sie immer danach gesucht hatte.

Vorsichtig löste sie sich aus seiner Umarmung, ließ ihn jedoch dabei nicht los. Sie schaute in seine traurigen Augen und lächelte. Matteos Körper durchfuhr ein Adrenalinstoß, der innerhalb weniger Sekunden so viele Glücksgefühle freisetzte, dass er es kaum ertragen konnte. Tränen seiner grenzenlosen Freude rannen ihm über die Wangen. Sie hatte ihm verziehen. Nichts war in diesem Moment wichtiger, gar nichts.

Er hob Bella ein Stück hoch, küsste sie und ließ sie langsam wieder an sich herunter. Er hörte dabei nicht auf, sie zu küssen. Immer mehr versanken sie ineinander, hungrig aufeinander, als hätten sie sich lange nicht berühren dürfen. Matteo verging unter ihrem Verlangen nach ihm, allein ihr nicht endender Kuss ließ ihn fast schmerzlich spüren, wie sehr er sie wollte. Sie ließen nicht voneinander ab, als sie sich dem Bett näherten. Bella zog ihm das Shirt über den Kopf, er ihr die weite Bluse einfach über die Schulter herunter. Ehe sie es sich versahen, lagen sie schwer atmend nebeneinander auf dem Laken. Es war unbeschreiblich, wie sehr sie sich zueinander hingezogen fühlten. Behutsam fuhr Bella durch sein Haar, beobachtete dabei jede einzelne seiner Reaktionen. Er las in ihrer verletzten Seele, wie nah sie ihm dennoch war, wie glücklich, diese Momente erleben zu dürfen. Für einen winzigen Augenblick spürte er einen Stich im Herzen. Er wusste, wie sehr er ihr weh tat, wie sehr er sie verletzt hatte und es womöglich wieder tun würde…aber er war nicht in der Lage, seine Gefühle für sie zu ignorieren. Bei Gott! Er hatte es versucht! Doch war es ihm nicht gelungen. Jede noch so kleine Geste von ihr sog er in sich auf. Die Liebe, die sie zu geben hatte, war unbeschreiblich. Man konnte sich kaum vorstellen, wie unglaublich es sein musste, in dieser Liebe zu versinken und sie jede Minute, jede Stunde, jeden Tag spüren zu dürfen.

Bella begann seinen Hals zu küssen, fuhr langsam mit der Zunge über seine Schulter zu seiner Brust. Gleichzeitig strich sie über seinen muskulösen Bauch, der erwartungsvoll zitterte, und näherte sich dem Bund seiner Hose. Plötzlich sah sie auf. Er wusste, warum. Und er bestätigte ihren Wunsch mit einem kurzen Aufleuchten seiner blauen Augen.

Mit einer schnellen und dennoch vorsichtigen Bewegung drehte er Bella auf den Rücken…sie lachte auf und konnte auch nicht aufhören, als er sie gespielt böse ansah. Im Gegenteil. Matteo hatte gar keine andere Wahl, als ihr Lachen in einen lustvollen Seufzer zu verwandeln…

Er nahm sie. Schnell und hart. Er trieb sie damit an den Rand ihres Bewusstseins. Ihre Lust wurde in ungeahnte Sphären katapultiert, dass es ihr nicht mehr möglich war, bewusst darauf zu reagieren. Ihr Körper nahm ihn auf, hielt ihn fest, verlangte nach ihm, wenn er sich für einen kurzen Moment zurückzog, nur um ihn sofort wieder in sich hineinzuziehen. Die beiden waren so miteinander vereint, als wären sie eins. Ihr Höhepunkt kam wie eine gewaltige Welle auf sie zu und zog sie zusammen mit sich, als wären sie vollkommen hilflos der Macht ihrer Liebe ausgeliefert.

Noch Minuten später wallten immer wieder kleine Stromstöße durch sie hindurch...ein Moment, der unmöglich an wirklicher Zeit zu messen war.

Sanft ließ Bella ihre Hand über Matteos Rücken gleiten. Sein Körper faszinierte sie. Er war groß und schlank und doch nicht makellos. Sie fühlte sich neben ihm nicht weniger schön und begehrenswert. Er gab ihr das Gefühl, wunderschön zu sein und in seiner Nähe existierten ihre Zweifel nicht.

Er drehte sich zu ihr um. Sie

Sie sah ihn an und lächelte. Seine Augen versprachen ihr, dass ihre Gefühle füreinander nie wieder vergehen würden. Sie strich vorsichtig über die Narbe an seiner Leiste. Als sie ihn fragend ansah, lächelte er nur. Sein Blick wurde dunkel, als Bella ihre Finger über seinen Bauch wandern ließ. Versonnen betrachtete sie jeden einzelnen Millimeter seines Körpers und bemerkte dabei nicht, was sie mit ihren Berührungen in ihm auslöste...

Vorsichtig nahm er ihr Kinn und legte seine Stirn an ihre. Sein Atem ging schneller und er schloss die Augen. Sie spürten einander, ließen sich ihre Seelen miteinander vereinen und sich von den unmöglich zu beschreibenden Emotionen davontragen. Sie berührten sich auf eine Art, die magisch schien, so, als ob sie sich seit jeher kennen und lieben würden. Ihre Körper sprachen zudem ihre eigene Sprache, zogen sich an wie Magnete, die man nicht trennen konnte. Sie hörte nicht auf, ihn zu streicheln, sein Haar, seine Wangen, zärtlich berührte sie seinen Mund mit ihren Lippen und genoss das zarte Vibrieren.

Matteo hatte das Gefühl, sich jedes Mal an dieser Frau zu verbrennen und dennoch wollte er nichts mehr als dieses lodernde Feuer. Sein Verlangen wurde minütlich stärker, sein Bewusstsein war nur noch von Bellas Wesen erfüllt. Er sah sie an, nur um sicherzugehen, dass er nicht träumte und all seine erneut auflodernden Gefühle der Wirklichkeit entsprachen. Er hatte bisher nie geglaubt, dass seine Liebe zu einem Menschen jemals auf die gleiche Weise erwidert werden könnte. Nichts machte ihn glücklicher, als mit ihr zusammen zu sein…zumindest in diesem Moment. Er nahm sie so nah zu sich, wie es möglich war. Er hörte ihr Herz schlagen, spürte auch ihr Verlangen und gab sich ein weiteres Mal der unglaublichen Erfüllung ihrer körperlichen Liebe hin…

Als Bella die Augen aufschlug, war es bereits dunkel. Nur die kleine kerzenartige Lampe auf ihrem Tisch brannte. In den letzten Nächten hatte sie sie nicht bemerkt und auch nicht, wie faszinierend dieses alte Zimmer in ihrem Schein aussah. Selbst wenn es noch keine eigene Geschichte zu diesem mystischen Ort gab, würden einem spontan einige einfallen. Bella konnte sich vorstellen, einfach ewig mit Matteo hierzubleiben. Sie beobachtete, wie er sanft den Kopf auf ihren Bauch gelegt hatte und schlief. Er sah aus wie ein Engel und so gerne hätte sie ihn die wunderschöne Atmosphäre spüren lassen, die dieser traumhafte Ort ausstrahlte. Doch lieber betrachtete sie ihn schlafend, zufrieden, glücklich und selig. Es war ein seltsames, aber sehr intensives Gefühl, lieben zu dürfen, zeigen zu dürfen, was sie zu geben hatte, eigene Empfindungen selbst ausleben zu dürfen und zu spüren, ebenfalls geliebt zu werden. Ein unglaubliches Glücksgefühl erfüllte ihren Körper bei den Gedanken daran.

Bella musste noch einmal eingeschlafen sein, denn ihr Magengrummeln ließ sie kurz aufschrecken. Matteo schlief noch immer. Sie stand auf und bemerkte, wie gut es ihr ging. Nicht nur körperlich. Er war Balsam für ihre Seele. Sie hauchte ihm einen Kuss auf die Stirn und ging auf den Flur. Nur das Licht aus dem Zimmer spendete etwas Helligkeit. Der kleine Raum mit der alten Toilette war zwar nicht luxuriös, aber vollkommen ausreichend, um sich ein wenig frisch zu machen. Als sie kurze Zeit später ins Zimmer zurückkehrte, blieb sie kurz stehen. Zu gerne würde sie wieder einmal hinausgehen, für einen kurzen Moment die Luft der Stadt einatmen und einen Blick in die Nacht werfen…aber warum eigentlich nicht? Kurz sah sie noch einmal nach Matteo, bevor sie sich langsam die baufällige Treppe hinuntertastete. Es war unheimlich, das musste sie zugeben. Sie war vorher nicht aus dem Zimmer gegangen und wusste nicht, wohin ihr Weg sie führen würde. Instinktiv ging sie jedoch am Treppenabsatz nach links. Sie dachte nicht darüber nach, als sie kurze Zeit später an eine große Holztür gelangte, durch deren Spalt ein schmaler Lichtstrahl drang. Sie berührte vorsichtig das alte Holz und augenblicklich hatte sie eine Art Déjà-vu. Sie wusste, wohin sie gehen musste, um hinauszugelangen. Sie öffnete das alte Schloss. Es knackte ein wenig und es bedurfte eines kleinen Tricks, es zu öffnen. Es gelang Bella ohne weiteres, den schmalen Gang in einen kleinen Hof zu gehen und den Weg durch das kleine Holztor in Richtung Gasse zu finden, obwohl es dunkel war. Nur die Beleuchtung der Via del Corso spendete ein heimeliges Licht. Wenige Minuten später stand sie auf dem Weg oberhalb des „La Luna". Etwas verwundert schaute sie sich vorsichtig um. Sie wusste, dass sie das Haus eigentlich nicht verlassen sollte, aber es war einfach befreiend, die sich allmählich abkühlende Nacht zu genießen. Wieder grummelte ihr Magen. Zaghaft schaute sie in Richtung „La Luna". In

143

der Bar war noch Licht. Also war Pietro vielleicht noch wach. Wie spät es war, wusste Bella nicht, aber sie entschloss sich, trotz aller Alarmsignale in ihrem Kopf in die Bar zu gehen. Sie war dunkel gekleidet und lief direkt an der Gebäudewand entlang, um nicht aufzufallen. Ein kurzer Blick in alle Richtungen gab ihr genug Sicherheit, über die Straße zu gehen und in die Bar zu huschen. Es waren keine Gäste da. Aber Pietro war es. Er saß schlafend in seinem Sessel. Ein Lächeln huschte Bella über die Lippen. Vielleicht konnte sie sich diesmal an ihn heranschleichen, ohne dass er es bemerken würde. Als sie an seinem kleinen Tisch angelangt war und sich gerade setzten wollte, schreckte er auf.

„Amore mio, bist du verrückt? Was tust du hier?"

Auch wenn er vorwurfsvoll klang, bemerkte Bella eine Spur von Erleichterung, sie zu sehen.

„Du bist unvorsichtig, du hättest das Haus nicht verlassen sollen. Hat dich jemand gesehen? Wer weiß, ob diese Leute dir nicht immer noch auflauern…"

Die junge Frau versuchte, Pietro zu beruhigen.

„Mich hat ganz sicher niemand gesehen. Es ist dunkel und ich war sehr vorsichtig", entgegnete sie.

„Ich weiß schon, du hast alle Ratschläge in den Wind geschlagen, weil dein Liebster schläft und du hungrig bist, habe ich recht?", zwinkerte Pietro ihr zu.

Ertappt bemühte sich Bella um einen möglichst reumütigen Blick, musste dann aber laut loslachen.

„Du hast wieder einmal recht", sagte sie.

„Und du hast Glück. Dein Abendessen steht noch in der Küche, denn ich wollte vorhin nicht mehr stören. Es ist recht schwierig, sich in das Sanatorium zu schleichen, wenn die Gasse menschenleer ist, und ich wäre sicher auch kein willkommener Gast gewesen."

Jetzt lachte Pietro und stand behäbig auf. Bella erhob sich ebenfalls, um ihm zu helfen, aber er winkte ab. Er ging in die Küche und kam mit einem Brotkorb zurück. Gierig stürzte sie sich auf das leckere Brot.

„Wenn du möchtest, ich habe auch noch eine Pizza?" Mit vollem Mund nickte sie und entlockte Pietro erneut ein Lächeln.

„Dieser Hunger kommt mir sehr bekannt vor", meinte er wissend.

Als sie aufgegessen und sich bei Pietro einen Schluck Wein stibitzt hatte, erzählte sie ihm, auf welch merkwürdige Weise sie den Weg in und aus dem Sanatorium gefunden hatte.

„Es war wie ein Déjà-vu. Ich kann es nicht anders erklären, aber ich kannte mich in diesem Haus aus, obwohl ich vorher noch nie dagewesen war. Das war ziemlich verwirrend, zumal ich auch das Schloss an der alten Holztür öffnen konnte. Irgendwie glaubte ich mich zu erinnern, wie ich es bedienen muss, damit es aufgeht." Bella sah fragend zu Pietro, der noch immer neben ihr stand.

„Mhm, ich glaube schon, dass ich dir das erklären kann", antwortete der.

„Ja?", fragte sie verwundert. Mit dieser Antwort hatte sie nicht gerechnet. Es war vielmehr eine rhetorische Frage gewesen.

„Sicher erinnerst du dich an unsere Unterhaltung vor einigen Stunden, bevor wir unterbrochen wurden. Du warst schon öfter in diesem Haus, als..." Mehr konnte er nicht mehr sagen.

Ein maskierter Mann hatte unbemerkt die Bar betreten und als Pietro ihn bemerkte, richtete der sofort eine Waffe auf ihn.

Pietros Augen weiteten sich, die Angst drang in jede Faser seines Körpers. Er wusste nur zu gut, wozu diese Männer fähig waren. Doch er hatte gehofft, nie wieder in ihre Gesellschaft zu geraten.

Der Mann bedeutete Bella aufzustehen und zu ihm zu kommen. Doch sie war dazu nicht in der Lage. Sie starrte Pietro an, der zu zittern begonnen hatte. Sie stürzte auf ihn zu, riss ihn zur Seite und stellte sich zwischen ihn und den Mann.

Sie half ihm, sich in den Sessel zu setzen, ohne dabei den maskierten Mann aus den Augen zu lassen. Seine vor Zorn verengten Augen ließen keinen Zweifel daran, dass er es ernst meinte. Er hielt die Waffe jetzt auf Bella gerichtet und begann höhnisch zu lachen.

„Du bist ziemlich mutig, kleine Signorina, wer hätte es gedacht. Aber es wird dir nicht viel nützen." Sie spürte Wut in sich aufsteigen. Ihr ganzer Körper vibrierte unter dem Adrenalin, welches durch ihre Adern schoss.

„Was wollen Sie von mir? Was?!", schrie sie ihn an und schlug dabei die Waffe beiseite. Sie konnte nicht so schnell reagieren...der Mann nahm seine Hand blitzartig zurück und schlug ihr mit dem Griffstück der Waffe gegen den Hals. Sofort sank sie zu Boden. Ihr schwanden die Sinne und doch vernahm sie noch einen dumpfen Knall, bevor sie bewusstlos wurde.

Der Mann zerrte Bella aus der Bar und achtete nicht mehr auf Pietro, der in seinem Sessel zusammengesunken war.

Mit quietschenden Reifen hielt eine schwarze Limousine vor der Bar. Bella wurde ins Auto geworfen, der Mann sprang hinterher und der Wagen verschwand wenige Sekunden später in der Nacht.

*

Matteo schreckte auf.

„Bella?"

Er tastete das Bett neben sich ab. Sie war nicht da. Er stand auf, rannte in den schmalen Flur, aber auch da fand er sie nicht. Von Panik getrieben rannte er die Treppe hinunter, durch die große Holztür, die nicht verschlossen war. Kurz hielt er inne. Von außen konnte die Tür nur mit einem Schlüssel geöffnet werden. Nur er und Pietro hatten Zugang zu dem Gebäude. Es war also nicht möglich, dass jemand hineingelangt und Bella möglicherweise mitgenommen hatte. Seine Gedanken spielten verrückt. Nein! Es konnte nicht sein, dass er sie nicht hatte beschützen können! Es musste so sein, dass sie selbst das Haus verlassen hatte. Vielleicht war sie zu Pietro gegangen Matteo konnte nur hoffen, dass sie niemand gesehen hatte. Ganz bestimmt saß sie dort gemütlich mit diesem zusammen. Es musste einfach so sein.

Und tatsächlich, in der Bar brannte noch Licht. Doch Matteo bemerkte sofort den Geruch von Reifen und eine Abriebspur vor dem „La Luna". Irritiert schaute er durch das Fenster. Er sah Pietro schlafend im Sessel sitzen, doch wo war Bella?

Matteo betrat die Bar und ging er sofort auf ihn zu.

„Pietro, wach auf. Bella ist verschwunden. Ist sie bei dir?"

Matteo rüttelte an der Schulter des alten Mannes und fiel augenblicklich vor ihm auf die Knie. Sein schriller Schrei schallte durch das ganze Gebäude. Pietros Hemd war blutgetränkt…

Plötzlich passte alles zusammen. Das Geräusch, das ihn geweckt hatte…quietschende Reifen, die Abriebspur im Schein des Lichtes vor der Bar…Pietro angeschossen…sie hatten sie. Sie hatten Bella!

11

Der zarte Geruch von Matteos Aftershave drang in Bellas Sinne. Ein Lächeln huschte ihr über die Lippen, als sie ihn wahrnahm. Das Glücksgefühl, welches all ihre Empfindungen aktivierte, ließ sie auf einer Wolke der Seligkeit schweben…

Sie sehnte sich so sehr nach ihm, seiner Nähe, seiner Liebe, der Sicherheit, bei ihm ganz sie selbst und doch innig mit ihm verbunden und nicht allein zu sein. Die Erinnerung an die letzten Stunden mit ihm ließen sie nur noch ungeduldiger erwarten, ihn zu sehen. Langsam öffnete sie die Augen, um in seine blicken zu können…

Doch es war dunkel. Bella hatte Mühe, sich zu orientieren. Sie spürte, wie nicht nur ihre Sinne, sondern auch ihr Körper erwachte. Augenblicklich wurde ihr schlecht. Sie unterdrückte das Gefühl, sich übergeben zu müssen. Der starke Geruch von einer Mischung aus Rosmarin, Basilikum und Lavendel stach ihr in die Nase. Als sie versuchte, sich herumzudrehen, hielt sie sofort wieder inne und führte die Hand an ihren Hals. Sie konnte den Schmerz kaum ertragen, der sie bei jeder kleinen Bewegung durchfuhr. Bella war verwirrt. Sie schloss die Augen und versuchte, aus diesem Traum zu erwachen.

Plötzlich kam die Erinnerung zurück. Zuerst bruchstückhaft, doch am Ende ganz klar. Sie sah Pietro vor sich, der zitternd in seinem Sessel saß, sie sah diesen Mann mit der Maske, der eine Waffe auf sie richtete und sie auslachte, als sie ihn anschrie…und sie erinnerte sich an den Schuss! Sie tastete ihren Körper ab, vergewisserte sich, dass sie vollkommen bei Bewusstsein war… sie war nicht verletzt. Doch warum hatte der maskierte Mann geschossen? Oder schlug ihr das Gedächtnis ein Schnippchen? Langsam begann sie zu realisieren, dass sie sich auf einer Art Couch befand. Ein Kissen lag in ihrem Rücken. Sie war spärlich bekleidet, sie trug lediglich ihr Nachthemd und ihren dunklen Morgenmantel. Sie hatte sich nicht viel mehr angezogen, als sie aus Gabriellas altem Sanatorium geschlichen und zu Pietro gegangen war.

Jetzt sah Bella ein Fenster, durch dessen heruntergezogenes Rollo ein Paar Sonnenstrahlen schienen. Es musste also schon Tag sein. Aber wo war sie? Sie geriet in Panik. Erst vor kurzer Zeit war sie in einer ähnlichen Situation gewesen, doch jetzt wusste sie, mit wem sie es zu tun hatte. Diese Leute waren skrupellos, das hatte sie schmerzhaft spüren müssen und es würde nichts nützen, ihnen zu erklären, dass sie die Falsche war und mit dieser Sache, worum es auch immer ging, nichts zu tun hatte.

Das Klopfen an der Tür ließ sie aufschrecken. Bella zog sich in den hintersten Teil der Couch zurück und drückte das Kissen fest an sich. Langsam öffnete sich die Tür und eine ältere Dame schaute herein.

„Sind Sie wach, Signora?", fragte sie.

Bella antwortete nicht.

Was um Himmels Willen wurde hier gespielt? Wo war sie? In diesem Moment vermisste sie Matteo mehr denn je…

Die Dame kam langsam auf sie zu. Sie trug ein Tablett und stellte es neben Bella ab. Sie ging zum Fenster und zog das Rollo ein Stück nach oben. Bella schloss sofort die Augen, öffnete sie aber gleich wieder ganz vorsichtig, um sich an die Helligkeit zu gewöhnen.

Die ältere Frau sah sie mitleidig, aber äußerst freundlich an. Ohne etwas zu sagen, schenkte sie ihr Kaffee ein und stellte sich dann ein wenig abseits. Doch sie ließ Bella nicht aus den Augen. Die schaute sich um. Das Zimmer war nicht groß, aber sehr geschmackvoll eingerichtet. Eine antike Anrichte war das Schmuckstück des Raumes. Wundervoll verziertes Porzellan und herrlich duftende Blumen waren darauf drapiert, als wäre es ein Ausstellungsstück. Bella war noch immer verwirrt, aber die Freundlichkeit der Dame, die sie musterte, beruhigte sie. Sie griff nach dem Kaffee. Allein der Geruch belebte ihre Sinne und ließ vermuten, wie wunderbar er schmecken würde. Und sie behielt recht, als sie einen Schluck nahm.

„Signorina Isabella, darf ich Ihnen noch etwas bringen?"

Bella schreckte ein wenig zusammen, als sie wieder von der Dame angesprochen wurde.

Sofort entschuldigte die sich dafür.

„Ich bin Greta, Verzeihung. Ich kann mir vorstellen, dass Sie ein wenig durcheinander sind. Aber ich werde dafür sorgen, dass Ihr Aufenthalt bei uns so angenehm wie möglich wird."

Bellas große grüne Augen wurden noch größer. Sie kam sich vor wie in einem nie enden wollenden Film, dessen Hauptdarstellerin sie zu sein schien, doch sie kannte ihre Rolle nicht.

Sie stand auf, ohne zu antworten. Sie ging an das bodenlange Fenster, dessen Rollo Greta vor wenigen Minuten geöffnet hatte. Sie war versucht, einen Schritt zurückzugehen, denn was sie sah, überwältigte sie.

Bella blickte auf eine endlos große Terrasse, die mit langen Stufen anmutig in einen parkähnlichen Garten mündete. Nichts an der Anordnung der unzähligen Blumen, Sträucher und Bäumen schien zufällig. Es gab überall Möglichkeiten zu verweilen. Schmiedeeiserne Bänke, kunstvoll verziert, und die dazu passenden kleinen Tischchen luden nach jedem Spaziergang zur Rast ein. Wenn sie es richtig erkannte, war auch ein kleiner Brunnen zu sehen. Sie schloss die Augen und atmete tief ein. Der zarte Duft von Freesien umfing sie und Bella lächelte. Ihre Lieblingsblumen. Für einen kurzen Moment vergaß sie alles um sich herum...die erneute Entführung, die körperlichen und seelischen

Qualen der letzten Wochen, einfach alles…bis auf Matteo.

„Es ist traumhaft, nicht wahr? Ich werde Sie kurz allein lassen und Ihnen etwas zum Ankleiden bringen."
Bella sah Greta an.
„Ich möchte, dass Sie noch bleiben und mir erklären, wo ich hier bin und vor allem warum. Sagen Sie mir, was in der Bar geschehen ist. Wie geht es Pietro? Sie haben ihm doch nichts angetan?"
Ihre Stimme überschlug sich fast. Die Ruhe und Entspannung, die sie vor wenigen Minuten noch für einen kurzen Moment in sich aufgesogen hatte, war verflogen. Es musste eine Möglichkeit geben, mit jemandem zu reden, der ihr endlich alles erklären konnte. Bestimmt konnte Greta ihr helfen zu verstehen.
Greta lächelte und bat sie, sich hinzusetzen.
„Es ist nicht meine Aufgabe, Ihnen das zu berichten. Aber ich kann Ihnen versichern, Sie brauchen keine Angst mehr zu haben. Ruhen Sie sich bitte etwas aus. Ich hole Ihnen etwas zum Anziehen und wenn der Signore Sie sehen möchte, werde ich Ihnen Bescheid geben."
Mit diesen Worten verließ Greta das Zimmer und ließ Bella verdutzt zurück.
Es war unmöglich, einen klaren Gedanken zu fassen. Nichts schien zusammenzupassen an dieser Geschichte, in die sie hineingeraten war. Plötzlich begann sie zu lachen. Bella lachte aus vollem Halse. Ihr wurde mit

einem Mal bewusst, was ihr bisher wirklich glanzloses und langweiliges Leben für eine so unglaublich wahnwitzige Wendung genommen hatte. Wenn sie es sich recht überlegte, konnte es doch kaum aufregender sein. Sie hatte in der Stadt ihrer Eltern die Liebe kennengelernt, war entführt und von dem Mann ihrer Träume gerettet worden. Sie hatte wundervolle Stunden mit ihm verbracht, bevor sie erneut auf mysteriöse Weise an diesen schönen Ort verschleppt wurde. Es war doch tatsächlich genug Stoff für ein Buch…wenn sie es denn schreiben könnte…

Nur ein Umstand machte ihr große Sorgen: Pietro! Er hatte ihr so viel gegeben, sich um sie gekümmert, ihr von sich und Gabriella erzählt und sie einfach in sein Herz geschlossen. So wie Bella ihn. Doch durch sie war er mit in diesen ganzen Schlamassel hineingezogen worden…

Der Schuss! Plötzlich erinnerte sie sich an die letzten Minuten in der Bar. Hatte der Maskierte etwa auf Pietro geschossen?

Ihr Lachen war verstummt. Bella rannte zur Zimmertür. Sie war verschlossen. Mit aller Kraft schlug sie dagegen. Sie schrie, so laut sie konnte, doch es schien sie niemand zu hören. Sie musste hier raus, so schnell wie möglich. Sie rannte zum Fenster. Auch das Fenster war verschlossen. Sie geriet in Panik. Es musste eine Möglichkeit geben, aus diesem Zimmer hinauszukommen. In diesem Moment betrat Greta das Zimmer. Bella stürzte sofort auf sie zu.

„Ich muss zu Pietro! Bitte lassen Sie mich hinaus!"

Es wäre ein Leichtes gewesen, an Greta vorbeizukommen. Aber es wäre ein sinnloses Unterfangen gewesen. Bella wusste nicht, wo sie war, sie kannte sich weder in diesem Haus, noch auf dem Grundstück aus.

„Signora Morti, bitte beruhigen Sie sich! Ich kann Sie nicht gehen lassen. Darüber entscheidet allein Don Eduardo..."

Vor Schreck ließ Bella von Greta ab.

Eduardo? Doch nicht Eduardo Esposito?

Sie starrte die Dame an, als hätte sie soeben einen Geist gesehen. Es fiel ihr nicht leicht und ihr Gefühl riet ihr, es nicht zu tun, aber sie fragte sie dennoch: „Sie meinen aber nicht zufällig Eduardo Esposito?"

Behutsam schob Greta Bella wieder in Richtung Couch und bat sie, sich zu setzen.

„Eduardo Luigi Nicolo Esposito, wenn man es genau nimmt. Aber doch, er ist es. So, wie Sie reagieren, kennen Sie ihn bereits?" Greta lächelte ein wenig, als sie das sagte, und Bella konnte nicht einordnen, ob sie sie aus- oder anlachte.

Sie holte tief Luft.

„Ich weiß nicht, was hier gespielt wird, und ich weiß noch weniger, was ich damit zu tun haben soll, aber dieser Name ist mir in den letzten Wochen ein paar Mal untergekommen. Und wenn ich das so sagen darf, in keinem angenehmen Zusammenhang. Wie ich durch einen netten Kollegen der hiesigen Polizei erfahren habe, ist dieser Don Eduardo, wie Sie ihn nennen, der Kopf einer Mafiaorganisation und er hat mich, wenn ich diesem ganzen Humbug Glauben schenken darf, schon eine geraume Zeit beobachten lassen!" Die Ironie in Bellas Stimme war kaum zu überhören. „Es klingt zwar ein bisschen merkwürdig, aber ich würde behaupten, dass ich von den Männern dieses Eduardo bereits zweimal gekidnappt wurde und falls ich mich recht erinnere, wurde dabei nicht allzu zimperlich mit mir umgegangen! Aber, Greta, bei allem Verständnis für die Gepflogenheiten dieses Landes oder dieser speziellen Familie: Nichts gibt ihnen das Recht, mich oder vielleicht sogar Pietro zu verletzen oder unser Leben zu bedrohen!"

Aus der anfänglichen Ironie war pure Wut geworden. Bella war aufgestanden und hatte die alte Dame regelrecht angeschrien. Ihr Herz klopfte noch immer wie wild und ihr Atem ging schnell, als sie Greta mit ihrem Blick festhielt.

Die jedoch war nicht sonderlich beeindruckt. Sie nickte Bella nur kurz zu und übergab ihr lächelnd ein paar Kleidungsstücke.

Ohne zu überlegen, schlug die sie ihr aus der Hand, rannte an ihr vorbei durch die noch geöffnete Tür hinaus in den Flur.

Aufgebracht rannte sie den langen Gang hinunter, schaute sich kurz um und wählte dann einen kurzen Weg zu einer Tür. Sie riss sie auf und stand auf einer kleinen, mit Steinen verzierten Terrasse, die über eine Treppe in den Park führte. Bella rannte die Stufen hinunter. Auf einer der letzten Stufen kam sie ins Stolpern. Sie fing sich gerade noch, hatte dadurch aber nicht bemerkt, dass jemand am unteren Treppenabsatz stand.

„So sieht man sich wieder, kleine Bella."

Unvermittelt blieb sie stehen und starrte den Mann an, dessen Stimme sie sofort erkannte.

Vor ihr stand Manzara, Lorenzo Manzara. Der Mann, der ihr in die Augen gestarrt und ihr gesagt hatte, dass er sie hätte umbringen sollen, als er noch Gelegenheit dazu gehabt hatte, bevor er sie erneut ins Gesicht schlug.

Ihr Herzschlag setzte für einen Moment aus. Sie sah sich um und ertappte sich dabei, wie sie nach Matteo Ausschau hielt, damit er sie wieder retten konnte. Doch diesmal war es offensichtlich anders.

Manzara lachte, als er Bella beobachtete. Er hatte eine Armbinde um, die seinen linken Arm stützte.

Matteo musste ihn an der Schulter verletzt haben, als sie sich das erste Mal begegnet waren.

„Du wartest wohl auf deinen Ritter in der goldenen Rüstung, Morti?" Arrogant sah Manzara auf Bella herab. „Morti, wie ich diesen Namen seit jeher hasse! Dein Traumprinz wird aber nicht kommen, nicht diesmal, kleine Bella. Er wird dankbar sein, noch zu leben, wenn wir mit ihm fertig sind."

Manzaras höhnisches Lachen war kaum zu ertragen.

„Vielleicht solltest du einfach wieder hineingehen und darauf warten, bis dich der große Don Eduardo zu sich bittet. Andernfalls kannst du auch gerne noch ein wenig Zeit mit mir verbringen und wir beide führen zu Ende, wobei wir durch Santoro gestört wurden!" Sein Lachen war in ein bedrohliches Brummen übergegangen und ließ keinen Zweifel daran, dass er es erst meinte.

Verängstigt schaute Bella hoch zum Haus. Auf der Terrasse stand Greta, die ihr zuwinkte.

Sie war gefangen! Sie hatte keine andere Wahl, als darauf zu warten, was auf sie zukommen würde. Es gab keine Möglichkeit zu fliehen und selbst wenn Matteo oder die Polizei sie suchen würden, sie würden sie hier nicht finden.

Unsicher sah sie sich noch einmal um. Schließlich ging sie langsam die steinigen Stufen zurück. In Gretas Gesicht lag eine gewisse Selbstzufriedenheit und Genugtuung, die ihr in diesem Moment Angst machte. Sie schien umgeben von kriminellen Psychopathen und sie hatte keine Chance, diese Farce zu beenden.

Wortlos geleitete Greta die junge Frau zurück in ihr Zimmer. Sie schloss die Tür hinter ihr zu und Bella war allein. Auf der Couch lagen einige Kleidungsstücke.

Jetzt erst bemerkte sie eine Tür, die einen Spalt geöffnet war. Sie führte in ein kleines, aber deshalb nicht weniger luxuriöses Badezimmer.

Ein kunstvoll gearbeiteter Spiegel über dem Marmorbecken nahm den Großteil des Raumes ein.

Bella stellte sich davor und betrachtete sich. Sie kam sich selbst plötzlich so fremd vor. Sie hatte noch immer das gleiche Gesicht, den gleichen Körper und dieselben gelockten Haare, und trotzdem kam sie sich selbst vollkommen verändert vor. Aus der unscheinbaren Isabella Morti, die mit den vielen Schicksalsschlägen zu kämpfen gehabt hatte, war eine starke Frau geworden, die bereit war, sich der unvorhergesehenen Wendung in ihrem Leben zu stellen. Sie strich sich über die verheilenden Wunden in ihrem Gesicht, besah sich ihre Handgelenke, an denen man noch immer die Verletzungen sehen konnte, und dachte darüber nach, ob es noch weitere geben würde. Tränen füllten ihre Augen, da sie spürte, wie hilflos sie allem, was noch passieren könnte, ausgeliefert war. Trotz ihrer neu gewonnenen Stärke war sie machtlos und sie vermisste ihre Eltern so sehr wie schon lange nicht mehr. Und Matteo. Auch ihn vermisste sie schmerzlich, auch wenn ihr der Gedanke kam, dass vieles vielleicht nicht passiert wäre, wenn sie sich nicht kennengelernt hätten. Aber das war reine Spekulation, nichts machte im Moment einen Sinn und war erklärbar.

Bella drehte den Wasserhahn auf und wusch sich das Gesicht ab. Das Wasser vermischte sich mit ihren Tränen und hinterließ einen salzigen Geschmack auf ihren Lippen. Es würde alles gut werden, ganz bestimmt…

12

Conti schlug die Hände über dem Kopf zusammen.

„Wir kennen uns jetzt schon so lange und bisher hast du dich einigermaßen an die Regeln gehalten, aber was du jetzt verlangst, ist Wahnsinn!" Er schrie Matteo regelrecht an. Der blieb hingegen ruhig und seine Haltung zeigte seine Entschlossenheit.

„Wenn die Einheit nicht hinter mir steht, mache ich es allein! Was willst du noch mehr? Espositos Männer haben Bella, ich meine Isabella Morti, und ich bin mir zu mehr als 100% sicher, dass sie sie in seiner Villa festhalten. Entführung, Conti! Und ein alter Mann wurde angeschossen! Ist das nicht Grund genug für die Polizei, endlich einzuschreiten?"

Conti wusste, dass er Recht hatte, aber er wusste auch, wie schwer es war, in diesem speziellen Fall die Polizeiführung zu überzeugen, gegen die `Ndrangheta vorzugehen. Es war für alle Beteiligten immer ein guter Deal, wenn alles ruhig blieb. Andererseits waren sie seit Jahren hinter Esposito her und konnten ihm nichts nachweisen. Es war eine Chance, aber auch ein sehr großes Risiko.

„In Ordnung. Ich tue mein Bestes und setze mich mit dem Dipartimento della Pubblica Sicurezza* in Verbindung", gab Conti nach. Es konnte nur schiefgehen, mehr nicht.

„Aber jetzt mal unter uns, Santoro, warum hängt dein Herz so an der Kleinen?" Contis Grinsen war nicht zu übersehen. Als er aber Matteos ernsten Gesichtsausdruck sah, verfinsterte sich seine Miene sofort.

„Matteo, sag mir jetzt bitte nicht, dass du…", mehr konnte er nicht sagen, weil Matteo bereits das Zimmer verlassen hatte.

Verblüfft lehnte sich Conti an den Schreibtisch und schüttelte den Kopf. Sein Handy klingelte. Es war Matteo.

„Junge, was soll das?", begann Conti, aber Matteo unterbrach ihn sofort.

„Ich erwarte in spätestens 5 Stunden eine Antwort, ansonsten hole ich sie allein dort raus!" Matteo hatte aufgelegt, noch bevor Conti Luft holen konnte.

Auf dem Weg ins Krankenhaus bekam Matteo einen Anruf. Er schaute auf das Display und legte das Handy wieder beiseite. Nicht jetzt. Er konnte dieses Gespräch jetzt nicht annehmen.

Dipartimento della Pubblica Sicurezza: Abteilung für Innere Sicherheit/Rom

Pietros leblos anmutender Körper sah im Sonnenlicht, welches in das Zimmer schien, so friedlich aus. Er hatte die Notoperation vor einigen Stunden gut überstanden, aber noch immer schlief er tief und fest. Sein Sohn saß an seinem Bett und betete dafür, dass die Ärzte recht behielten und er sehr schnell wieder gesund werden würde. Das Projektil hatte seine rechte Schulter zertrümmert, hatte die Hauptschlagader knapp verfehlt, war aber glücklicherweise am Schulterblatt wieder ausgetreten. Vermutlich wäre es schlimmer ausgegangen, hätte Matteo ihn erst später gefunden. Ein Mann in seinem Alter…er hätte sterben können.

Matteo stand eine geraume Zeit vor Pietros Zimmer. Leise klopfte er an und trat ein. Wortlos setzte er sich zu Luca. Es war nicht einfach, den Alten so zu sehen. Obwohl Matteo schon viel erlebt hatte, erschien ihm das als eine der größten Ungerechtigkeiten. Er hatte Pietro lieb gewonnen und wusste, wie er zu Bella stand. Auch wenn dieser ihm gegenüber immer etwas skeptisch schien, hatte er ihm nie Vorwürfe gemacht oder ihm gegenüber sein Unbehagen bezüglich seiner Beziehung zu ihr zum Ausdruck gebracht. Es bedrückte Matteo dennoch, dass er nicht ganz ehrlich zu Pietro gewesen war…
Er war innerlich so aufgewühlt, dass er es nicht lange im Sitzen aushielt. Er hoffte inständig auf die Unterstützung von Conti, auch wenn er ihn ziemlich uncharmant unter Druck gesetzt hatte.

Nervös lief er im Zimmer auf und ab, als Luca gegangen war, und überlegte, wie er allein in Espositos Festung gelangen könnte, um Bella zu befreien, ohne, dass ihnen etwas passierte. Es war fast unmöglich. Das wusste er, aber er erinnerte sich auch an die Ausarbeitung eines Kollegen, der sich mithilfe eines Aussteigers aus der `Ndrangheta einen räumlichen Überblick über das gesamte Privatgrundstück von Esposito angefertigt hatte. Diese Aufzeichnungen waren auch vonnöten, wenn eine gesamte Einheit die Villa stürmen sollte. Gerade, als er sein Handy nehmen und den Kollegen anrufen wollte, sah er aus den Augenwinkeln, wie sich Pietro bewegte.

Schnell setzte er sich zu ihm.

Pietros Blick war trüb. Er versuchte, den Arm zu bewegen, doch der Schmerz belehrte ihn schnell eines Besseren. Unsicher versuchte er sich umzuschauen. Erst als Matteo ihn leise ansprach, reagierte Pietro.

„Signore Santoro?" Seine Stimme klang noch schwach.

„Ja, ich bin es." Pietro bewegte seine Hand in Richtung Matteos Stimme. Sofort erfasste dieser seine Hand.

„Es waren Espositos Männer. Sie haben Bella." Matteo nickte resigniert. „Ja, ich weiß", antwortete er dem alten Mann.

Pietros Händedruck wurde stärker. Auch seine Stimme erklang plötzlich kraftvoller.

„Holen Sie sie zurück! Sie weiß nicht, in welcher Gefahr sie sich befindet! Ich kann sie nicht auch noch verlieren! Wenn Sie sie lieben, lassen Sie das nicht zu!"

Sein unbedingter Wille und die Kraft seiner Worte ließen Matteo für einen Moment erschauern. Von Pietro ging trotz seiner körperlichen Schwäche eine unbeschreibliche Entschlossenheit aus, die in jeder Faser seines Seins zu spüren war. Er hielt Matteos Blick stand, als würde er auf eine Antwort warten, die für ihn unabdingbar war.

Als Pietro seine Antwort hatte, die Matteo nicht aussprechen musste, wurde sein Griff lockerer und ein zufriedenes Lächeln umspielte seinen Mund.

Dieser nickte ergeben und ließ Pietro zurück.

Sein Entschluss stand fest! Er würde keine Minute länger warten, nicht auf Contis Anruf, nicht die verabredeten fünf Stunden, bis die Spezialeinheit ihren Job erledigen würde.

Er achtete nicht auf seine Kollegen, als er ins Polizeirevier kam. Seine Waffe hatte er bei sich, auch die anderen Einsatzmittel, die er benötigte. Er wusste, in welche Gefahr er sich begeben würde, wenn er allein versuchte, in Espositos Villa einzudringen. In all den Jahren, in denen er schon mit dem Fall betraut war, hatte es unzählige Versuche gegeben, dem großen Mafiaboss das Handwerk zu legen, doch nie konnte die Polizei vor Gericht zweifelsfrei nachweisen, dass Esposito tatsächlich hinter den verschiedenen Anschuldigungen steckte. Es ging um Erpressung, Körperverletzung, Steuerhinterziehung, Betrug und sogar Menschenhandel. Aber immer war es dessen

Anwälten gelungen, ihn von allen Vorwürfen freisprechen zu lassen, weil die einhundertprozentige Beweislast fehlte.

Diesmal ging es jedoch um Entführung! Diese Verbrecher hatten seine Bella! Matteo kannte den Zusammenhang nicht, er konnte sich nicht erklären, was dahinter steckte, warum Espositos Leute sie im Visier hatten. Aber das war ihm momentan auch vollkommen gleichgültig. Wichtig war nur, sie unversehrt aus den Fängen dieser Männer zu befreien, koste es, was es wolle!

*

Das Bad hatte gut getan. Als sie sich jetzt im Spiegel ansah, erkannte sie sich ein wenig, dennoch spürte sie die unaufhaltsame Veränderung ihres eigentlichen ICHs. Sie konnte nicht sagen, ob sie es beängstigend fand oder ob sie gespannt darauf war, was all diese unglaublichen Erfahrungen der letzten Wochen mit ihr machten. Sie hatte trotz allem das Gefühl, sich selbst kennenzulernen…

Nachdem Bella etwas gegessen hatte, fühlte sie sich ein bisschen besser. Sie hatte das Zeitgefühl völlig verloren. Wenn sie nach draußen sah, musste es Mittag sein, da die Sonne hoch am Himmel stand. Unter anderen Umständen hätte sie den Ausblick in diesen herrlichen Park genossen...doch so blieb ihr nichts anderes übrig, als abzuwarten, was auf sie zukommen würde.

Sie zog die Sachen an, die ihr Greta hingelegt hatte, und sie passten ihr erstaunlich gut. Isabella setzte sich auf das bequeme Sofa und versuchte sich zu entspannen, soweit das möglich war...

„Was möchtest du an diesem wunderschönen Tag machen?" Papa sieht mich erwartungsvoll an. Er hat sich den Tag heute extra für mich freigehalten, das weiß ich. Ich sehe Mama an und sie lächelt mir aufmunternd zu. „Ich würde gerne mit euch beiden in den Zoo gehen und danach Eis essen und vielleicht noch ein bisschen Fahrradfahren üben?", sage ich aufgeregt. Das mit dem Fahrrad will ich eigentlich nicht so gerne, aber wenn ich in der kommenden Woche im Kindergarten die Prüfung bestehen will, um dann nächstes Jahr auch mit dem Rad zur Schule fahren zu können, muss ich noch ein bisschen üben. Es ist ja nicht wirklich eine Prüfung, aber eine Polizistin wird da sein und uns genau erklären, wie wir uns mit dem Fahrrad im Straßenverkehr verhalten müssen, damit uns nichts passiert.

Papa lacht laut. „Mach dir keine Sorgen, das schaffst du ganz bestimmt!", meint er und gibt mir einen Stups auf die Nase. Jetzt lache ich. Er hat recht, ich werde das schaffen, schließlich bin ich schon fünf und ich kann es ja schon ein bisschen.

„Also los, dann gehen wir in den Zoo", sagt Mama und zieht Papa und mich hoch. Ich muss lachen, weil Papa mich immer kitzelt, wenn wir zusammen irgendwohin gehen und er möchte, dass ich mich beeile.

Es ist so warm, dass ich am liebsten gleich ein Eis gegessen hätte, aber Mama zieht mich zu den Elefanten hinüber. „Bella, schau, das ist ein Babyelefant, ist er nicht niedlich?"

Oh ja, das ist er. Er ist viel kleiner als seine Mama, aber trotzdem schon größer als ich.

„Der ist aber groß für ein Baby, Mama!"

Mama hockt sich neben mich und zeigt auf den größten der Elefanten. „Ich glaube, mein Engel, der kleine Kerl wird mal so groß wie dieser."

Das kann ich mir gar nicht vorstellen. Aber wenn Mama das sagt, wird das wohl stimmen.

Papa kommt mit einem Eis auf uns zu und ich springe ihm entgegen. Es ist lecker. Ich mag Vanilleeis am liebsten.

„Wann fliegen wir endlich wieder nach Rom? Dort schmeckt mir das Eis noch viel besser und außerdem vermisse ich..."

„Signora Morti?"

Bella schreckte auf. Verwirrt schaute sie um sich. Im ersten Moment wusste sie nicht, wo sie war. War sie eingeschlafen gewesen? Gerade noch hatte sie an ihre Eltern gedacht und an…ja, an wen?

Bella stand langsam auf und starrte Greta an. Sie antwortete ihr aber nicht, sondern ging stattdessen an ihr vorbei zum Fenster. Sie war innerlich so aufgewühlt und versuchte sich an jeden einzelnen ihrer vorherigen Gedanken zu erinnern. Bisher war der Großteil ihrer Erinnerungen an ihre Kindheit wie aus ihrem Gedächtnis gelöscht gewesen. Sie wusste nicht mehr viel über die Zeit vor dem Tod ihres Vaters und auch an viele Monate danach konnte sie sich nicht erinnern. Es gab Bruchstücke, die sie noch wusste…wie sie in die Schule gekommen war, als sie ihre Freundin kennengelernt hatte und an die spätere Schulzeit. Aber worüber sie gerade eben nachgedacht hatte, überforderte sie. War das nur ein Tagtraum gewesen oder hatte es diesen Besuch im Zoo wirklich gegeben? Kurz vor ihrer gemeinsamen Reise nach Rom?

„Isabella? Geht es Ihnen gut?"Greta schien sich Sorgen zu machen. Sie ging ein Stück auf Bella zu und legte die Hand auf deren Schulter.

Gemeinsam schauten sie in den Garten, ohne ein Wort zu sprechen. Bellas Gedanken kreisten um ihre Eltern. Sie konnte sich noch so gut an das Gefühl erinnern, wenn die beiden zusammen waren, diese unfassbare Liebe, die sie schon als kleines Kind gespürt hatte.

Aber tatsächliche Ereignisse hatte ihr Unterbewusstsein offensichtlich aus ihrem Gedächtnis verbannt. Sie erinnerte sich, dass sie ihre Mutter des Öfteren nach ihrem Vater gefragt hatte und wissen wollte, warum er auf diese Art und Weise aus dem Leben gerissen worden war, aber ihre Mutter hatte sich geweigert, darüber zu sprechen. Sie hatte sie immer wieder nur vertröstet und die Sprache auf ein anderes Thema gebracht, um sie gar nicht erst dazu zu bringen, weiter darüber nachzudenken. In ihrer Jugend hatte Bella das nicht immer verstanden und später einfach akzeptiert, aber jetzt hatte sie den Eindruck, dass ihre Mutter sie hatte schützen wollen…

„Greta, wissen Sie, warum ich hier bin?"

Bellas Frage kam so unerwartet, dass Greta kurz erschrak.

Sie räusperte sich und meinte: „Ich denke, das werden Sie noch heute erfahren. Signore Eduardo erwartet Sie bereits. Ich bin hier, um Sie zu ihm zu bringen."

Draußen begann es zu regnen. Dunkle Wolken hatten sich am gerade noch sonnigen Abendhimmel gebildet. Bedrohlich türmten sie sich übereinander und boten ein angsteinflößendes Bild, das den Betrachter erschauern ließ. Die unbändige Kraft der Natur, unmöglich durch menschliche Hand zu beeinflussen, unabdingbar und übermächtig. Sollte dieses Schauspiel eine Vorwarnung sein, was Bella erwarten würde...?

Greta ging langsam neben ihr her. Dieses Haus glich einem Schloss, überall zierten Gemälde und Skulpturen

Wände und Flure. Bella war fasziniert von all dieser Kunst, die dem Vatikanmuseum oder der Sixtinischen Kapelle kaum in etwas nachstand. Eduardo Luigi Nicolo Esposito schien ein wahrer Kunstliebhaber zu sein, denn wenn sie es richtig erkannte, waren unter den Gemälden auch einige Originale.

An Geld scheint es dem Hausherrn also nicht zu fehlen, dachte Bella plötzlich, aber das war aufgrund seiner Art, seinen Reichtum zu erwerben auch nicht wirklich verwunderlich. Eigentlich war sie niemand, der Menschen nach ihrem Ruf beurteilte, aber in diesem Fall blieb ihr kaum eine andere Wahl.

Nachdem sie mit Greta einen weiteren Flur entlanggegangen war - es war wohl kein Problem, sich in dieser Villa zu verlaufen - steuerten sie auf eine große zweiflügelige Holztür zu. Sie war wunderschön und erinnerte eher an eine Eingangstür zu einem ehrwürdigen Gebäude, aber sie passte dennoch wunderbar in dieses kunstvoll eingerichtete Haus. Man erwartete hinter dieser Tür einen riesigen Saal, in dem es eine königliche Gesellschaft gab, in dem gegessen, gesungen und getanzt wurde...Bellas Gedanken schweiften ab. Doch ganz schnell wurde sie in die Realität zurückgeholt, als sie den Mann vor der Tür stehen sah. Sie war nicht in einem Schloss, sie war in der opulent eingerichteten Villa eines Mafiabosses!

Lorenzo Manzara starrte sie an. Bella wurde schwindelig. Sie konnte und wollte diesen Mann nicht einschätzen. Er schien unberechenbar und sie sollte sich vor ihm in Acht nehmen. Das hatte sich am Morgen im Park erneut bestätigt. Sein Blick durchbohrte sie.

Hinter der Tür war ein Klingeln zu hören und dieses riss nicht nur Bella aus ihren Gedanken. Auch Manzaras Blick veränderte sich und fast ergeben ging er zur Tür, öffnete sie ein wenig und ging hinein. Wenige Sekunden später kam er wieder heraus und bat Bella übertrieben freundlich, ihn hineinzubegleiten. Unsicher schaute sie sich nach Greta um. Deren beruhigendes Lächeln und aufmunterndes Nicken gaben ihr ein wenig Zuversicht, Manzara zu folgen.

Der große Raum hinter der Tür glich wirklich einem Saal. Nur war es dort beängstigend ruhig. Auf der langen Tafel, die das Zimmer dominierte, brannten ein paar Kerzenleuchter. Ansonsten war es fast dunkel. Das sich aufbauende Gewitter und die damit einhergehende Dunkelheit vor den großen Fenstern trugen dazu bei, dass der Saal düster und ein wenig bedrohlich wirkte. Unter anderen Umständen wäre diese Atmosphäre vielleicht romantisch gewesen, nicht aber in dieser Situation.

Manzara zerrte sie unsanft zum Tisch und wies sie wortlos an, am Ende der Tafel Platz zu nehmen. Er selbst setze sich in einiger Entfernung an eine Seite des Tisches. Bella wagte nicht, etwas zu sagen. Die Stimmung war gedrückt, erwartungsvoll geladen und bereit, jederzeit zu explodieren. Nach einigen Minuten kamen aus einer Seitentür drei adrett gekleidete Damen in einheitlicher Servicekleidung und brachten ihr und Manzara etwas zu trinken. Eine Karaffe Wasser und ein viertel Liter Rotwein standen vor ihr. Auch der geheimnisvolle Mann hatte diese Getränke bekommen, aber wo war die dritte Servicekraft?

Bella konnte nicht sagen, ob am anderen Ende der Tafel noch jemand saß, das Licht im Raum und die zweifellos erhebliche Länge des Tisches ließen keine genaue Aussage zu. Da sie aber wenig später auch die dritte Servicekraft mit einem leeren Tablett hinter der Nebeneingangstür verschwinden sah, war klar, dass sich noch jemand im Raum befinden musste. Natürlich war davon auszugehen, dass es Esposito oder einer seiner Vertreter war, aber Bella konnte sich noch nicht so recht an den Gedanken gewöhnen. Was sie allerdings tatsächlich erwartete, erahnte sie zu diesem Zeitpunkt nicht…

13

Das Wetter spielte Matteo in die Hände. Er saß vor dem hohen Zaun, der Espositos Anwesen umgab, geschützt in einem Gebüsch. Einige der Wachleute, die den Haupteingang und die drei Nebeneingänge absicherten, hatten sich aufgrund des Regens zurückgezogen und waren seit ca. 20 Minuten nicht mehr zu sehen gewesen. Sie fühlten sich offensichtlich sicher, worüber Matteo insgeheim lachte. Die Arroganz und Überlegenheit, die diese Leute an den Tag legten, würden ihnen irgendwann das Genick brechen. Das hoffte er seit vielen Jahren und vielleicht war dieser Augenblick genau jetzt gekommen…

Sein Handy vibrierte. Wieder kam dieser Anruf, doch er konnte und wollte ihn jetzt nicht annehmen. Der Zeitpunkt war einfach absolut ungünstig, auch wenn er genau wusste, dass er um dieses Gespräch nicht herumkommen würde.

Ein weiteres Vibrieren des Smartphones erlangte seine Aufmerksamkeit. Es war eine Nachricht von Mika, seinem Kollegen, einem ehemaligen `Ndrangheta-Anhänger. Es war eine wirkliche Bereicherung, ihn zu haben, da er, auch nach vielen unglaublich harten Tests und Einstufungen bezüglich seines Vorlebens, einer der Besten, wenn nicht die Bereicherung schlechthin für den polizeilichen Kampf gegen die Mafia war.

Mika hatte ihm ohne weitere Fragen seine Ausarbeitung des Anwesens mit allen Details auf das Handy geschickt. Wenn er und Bella heil aus dieser Sache herauskommen sollten, war er ihm einen riesigen Gefallen schuldig!

Matteo schaute sich dessen Aufzeichnungen genau an und nach ungefähr 10 Minuten wusste er, wie er vorgehen musste…

*

Es herrschte eine trügerische Stille. Außer dem Wind, der draußen tobte, war nichts zu hören.

Bella nahm einen Schluck Wasser. Sie beobachtete Manzara, der Wein trank, ansonsten aber ganz ruhig am Tisch saß.

Plötzlich ertönte ein leises Pfeifen und sie erschrak. Dem Pfeifen folgte eine unnatürlich klingende Stimme: „Es ist schön, dich kennenzulernen, Isabella."

Vor Schreck hatte sich Bella verschluckt. Wer sprach da?

Sie sah zu Manzara, der noch immer keine Miene verzog.

„Ich weiß, wie seltsam dir alles vorkommen muss", sagte die Stimme weiter, „aber im Verlaufe des Abends wirst du verstehen, warum du hier bist. Für die Unannehmlichkeiten entschuldige ich mich."

Bella versuchte der Stimme zu folgen, die zeitweise wie ein Computer klang. Im hinteren Teil des Raumes wurde es hell. Offensichtlich hatte jemand den Lichtschalter betätigt. Bella sah einen großen Sessel, in dem ein alter Mann saß. Er war von stattlicher Körpergröße, aber auch von Krankheit gezeichnet.

Er sah sie eindringlich an.

Sie wusste nicht, wie sie reagieren oder was sie sagen sollte.

„Ich habe mich noch nicht vorgestellt. Ich bin Eduardo Luigi Nicolo Esposito. Sicher hast du in den letzten Wochen schon von mir gehört. Ich hoffe, ich habe dich nicht allzu sehr erschreckt, aber wie du sicher schon festgestellt hast, ist meine Stimme etwas seltsam. Durch eine schwere Lungenentzündung im letzten Jahr kann ich nur noch sehr leise sprechen, ein Computer unterstützt mich und meine Stimme, damit ich wieder gehört und verstanden werde. Das ist in meiner Position sehr wichtig, wie du dir vorstellen kannst."

Bella konnte kaum glauben, was sie da hörte. Dass sie diesen mysteriösen Esposito kennenlernen würde, wusste sie, aber die jetzige Situation kam ihr sehr skurril vor.

„Du hast doch deine Muttersprache nicht verlernt, oder warum sagst du nichts?", fragte Esposito und lächelte dabei. Sein Lächeln machte ihn sogar fast ein wenig empathisch.

Bella schüttelte den Kopf. Sie war sich ihrer Rolle noch immer nicht sicher, aber wenn sie es herausfinden wollte, musste sie ein wenig souveräner auftreten.

„Nein, meine Muttersprache habe ich nicht verlernt und ich kann Sie gut verstehen. Zumindest Ihre Stimme, doch woher Sie mich kennen und was Sie von mir wollen, erschließt sich mir nicht!"

Sie klang bestimmt und die Ironie in ihrer Antwort war nicht zu überhören. Esposito begann zu lachen. Auch das hörte sich wenig natürlich an, aber davon ließ sich Isabella nicht beeindrucken.

„Du hast so viel Ähnlichkeit mit ihr. Es ist unglaublich. Darf ich dich bitten, dich ein wenig näher zu mir zu setzen? Ich würde dich gerne besser sehen."

Bella verstand den angedeuteten Vergleich zwar nicht, stand aber auf und ging auf Esposito zu. Manzara beobachtete sie.

Als sie sich mit einem gewissen Abstand Esposito gegenübergesetzt hatte, winkte dieser auch Manzara heran. Sein abschätziger Blick auf Bella entging auch Esposito nicht.

„Ich glaube nicht, dass du in der Position bist, Isabella so zu behandeln. Du solltest froh sein, dass du einer Bestrafung bisher entkommen bist, mein Sohn, bis auf diese natürlich." Esposito zeigte auf Manzaras verletzten Arm.

Dieser ließ sich wenig beeindrucken, aber er nickte ergeben.

„Du solltest dich bei Isabella für dein Verhalten ihr gegenüber entschuldigen! Das ist das Mindeste!"

Lorenzo Manzaras Gesicht lief vor Wut rot an.

„Das kannst du nicht von mir verlangen!", presste er durch die Zähne und starrte Esposito an.

„Oh doch, ich kann!", war dessen Antwort.

Manzara drehte sich langsam zu Bella um.

„Es tut mir leid", sagte er betont langsam und mit einer Stimmlage, die beängstigend war. Bella war sich sicher, wenn sie ihn allein irgendwo treffen würde, er würde ihr etwas antun.

„Und jetzt geh! Im Moment kann ich dich nicht gebrauchen!"

„Aber, Vater…", Manzara wurde sofort unterbrochen.

Die computerunterstützte Stimme Espositos ließ keinen Widerspruch zu.

„Geh!"

Es musste demütigend für einen Mann von Mitte 50 sein, von seinem alten Vater herumkommandiert zu werden wie ein kleines Kind. In Manzaras Gemütszustand, den Bella nur erahnte, konnte das Verhalten dieses Mannes sicher schnell umschlagen.

„Er ist also Ihr Sohn?", fragte Bella.

Esposito hob resigniert die Hände.

„Ja, das ist er und er hat leider viel zu viel von meinem Vater."

„Was hat dieser Mann gegen mich? Warum wollte er mich umbringen?"
Bella war selbst überrascht, dass sie so leicht und auf den Punkt diese Unterhaltung mit dem großen Mafiaboss Esposito führen konnte. Er erschien ihr gar nicht so unglaublich furchteinflößend und wenn sie bedachte, in welche Machenschaften er alles verwickelt sein sollte, konnte sie sich das gar nicht vorstellen. Aber man irrte sich schon ab und an mal in einem Menschen…

„Mein Sohn ist besessen von Macht. Das war er schon immer und ich befürchte, wenn ich nicht mehr am Leben bin, wird sich sein kriminelles Verhalten noch potenzieren. Aber ich kann dir versichern, dass dir hier nichts passieren wird, solange ich das Sagen habe."
Bella war davon wenig überzeugt. Doch hatte sie sicherlich keine andere Möglichkeit, als ihm zu glauben.
„Lass uns etwas essen und einen Schluck Wein trinken, ich denke, du brauchst eine Stärkung für die kommenden Stunden. Ich möchte dir eine kleine Geschichte erzählen, die dir ganz bestimmt alle Fragen beantwortet…"

„Es war in den 1950er Jahren, als in Rom die Bandenkriege tobten. Es gab viele Familien, die die Stadt und die Geschäfte übernehmen wollten. Ich gehörte zu einer dieser Familien und ich war darüber nicht sehr erfreut. Ich war nicht wie mein Vater und meine Brüder, die mit aller Macht und koste es, was es wolle, die Familie mit dem meisten Geld und dem höchsten Ansehen werden wollte. Zumeist habe ich mich aus all den Dingen herausgehalten. Ich habe lediglich dabei zugesehen, wie meine Familie immer reicher wurde und dafür sprichwörtlich über Leichen ging. Ich muss sicher nicht beschreiben, wie das zur damaligen Zeit abgelaufen ist. Die sogenannten Mafiaorganisationen haben ihre eigene Geschichte, die jeder kennt. Damals ging es darum, durch die Erlangung wirtschaftlicher Macht auch Einfluss auf die Politik nehmen zu können. Mein Vater war innerhalb weniger Jahre in eine Position aufgestiegen, in der er die ganze Stadt regierte. Der Preis für diese Macht war das gefährdete Leben als Familie. Zwei meiner Brüder wurden kurz hintereinander in eine Falle gelockt und von rivalisierenden Familien erschossen. Sie wollten meinen Vater damit stürzen. Doch das interessierte ihn und meinen ältesten Bruder wenig. Die Rache für den Tod seiner Söhne war gleichermaßen der Tod von vielen Gegnern. Er ließ von seinen Männern jeden umbringen, der nur annähernd etwas mit dem Mord an meinen Brüdern zu tun gehabt hatte. Ich war damals 19 Jahre alt und Vater versuchte mich ständig in seine

Geschäfte einzubeziehen. Er wusste, dass er und seine Familie gefährlich lebten, und er konnte meine Mutter, meine jüngere Schwester, meinen ältesten Bruder und mich nicht immer beschützen.

Ich hatte jedoch mit diesen Methoden nichts zu tun und wollte es auch nicht. Bei jeder Gelegenheit versuchte ich, meinem Vater aus dem Weg zu gehen und ein so normales Leben wie nur möglich zu führen. Ich hatte die Schule mit einem sehr guten Abschluss verlassen und meinen Vater darum gebeten, im Ausland studieren zu dürfen. Ich war sehr kunstinteressiert und unser Land war und ist ein Mekka vieler Künste, dennoch wäre ich gerne nach Russland gegangen und hätte dort ein paar Jahre studiert. Natürlich ließ das mein Vater nicht zu. Alles Bitten half nichts, bis meine Mutter ihm eines Tages das Messer auf die Brust setzte. Sie drohte ihm, ihn zu verlassen, wenn er mich nicht gehen ließe. Sie hatte große Sorge, alle ihre Kinder auf brutale Weise zu verlieren. Mutter war die Einzige, die Vater ab und an zur Vernunft bringen konnte. Sie hatte von Beginn an gewusst, worauf sie sich einließ, als er sie um ihre Hand bat, aber wenn es bei diesem Krieg um ihre Kinder ging, gab es kein Verständnis mehr. Zwei ihrer Kinder hatte sie bereits verloren, wir anderen waren alles, was ihr noch geblieben war. Das war auch nicht mit dem Leben im Überfluss zu kompensieren, welches ihr durch unseren Vater geboten wurde.

Nach langen Diskussionen erfüllte mir mein Vater meinen Wunsch. Ich war damals so glücklich, aus dieser Stadt herauszukommen, wenngleich ich damit auch meine Familie zurückließ. Aber ich vertraute dem Versprechen meiner Mutter, dass ihnen nichts zustoßen würde. Sie würde meinen Vater dazu bringen, auf legale Weise sein Geld zu verdienen und der Gewalt ein Ende zu setzen.

An meinem letzten Abend ging ich mit einigen Freunden in der Stadt, um meinen Abschied zu feiern. Die Bar war klein, aber gemütlich. Ich kann mich nicht mehr an ihren Namen erinnern, aber es gibt sie auch schon lange nicht mehr. Nach ein paar Gläsern wurde es in der Runde etwas lauter. Meine Freunde, die mich eigentlich immer nur Nico nannten, schrien plötzlich: Esposito, tanz 'für uns auf dem Tisch!

Im ersten Moment dachte ich mir nichts dabei und ich tat ihnen den Gefallen. Wie gesagt, der Alkohol hatte seinen Teil dazu beigetragen, dass ich etwas leichtsinnig geworden war, wie sich kurz darauf herausstellen sollte.

Nachdem ich mich wieder gesetzt hatte und ein weiteres Glas bestellte, bemerkte ich am Nebentisch eine Gruppe junger Männer. Sie mussten Mitte 20, vielleicht etwas jünger gewesen sein. Einer der Männer ließ mich nicht mehr aus den Augen. Auch meinem Freund Franko war der Mann aufgefallen.

Plötzlich stand er auf und schrie zu unserem Tisch herüber: „Was glotzt ihr denn so? Noch nie eine richtige Feier gesehen?"

Das war der ausschlaggebende Satz für den Beginn einer großen Schlägerei gewesen. Ehe ich mich versah, flogen Gläser herum, Stühle wurden umgeworfen, selbst die Tische blieben nicht mehr stehen. Meine Freunde und die Männer wälzten sich am Boden, hasserfüllte Schreie, blutige Gesichter und verletzte junge Männer hatten die Bar innerhalb weniger Minuten in einen Ort des Grauens verwandelt.

Der Wirt hatte sich hinter der Theke versteckt und betete offenbar, dass das Spektakel bald ein Ende haben würde. Ich stand an der Wand und konnte nicht fassen, was um mich herum geschah. Bis ich bemerkte, dass ich nicht der Einzige war, der sich nicht wie die anderen am Boden wälzte. Der Mann, der mich zuvor beobachtet hatte, stand plötzlich vor mir. Sein grimmiger Blick verriet mir, dass er nicht vorhatte, mit mir zu trinken.

„Esposito!"

Ich geriet in Panik, als er meinen Namen aussprach, er musste ihn aufgeschnappt haben, als die Jungs mich zum Tanzen aufgefordert hatten.

„Du scheinst der Kleinste in eurem Clan zu sein, der, der sich normalerweise nicht in die Stadt traut, weil er Angst hat, dass ihm das gleiche Schicksal wie seinen Brüdern droht, habe ich recht? Hat dich dein unvorsichtiger Vater nicht gewarnt, bevor er dich auf die Straße gelassen hat? Ein Esposito sollte sich nachts nicht in einer Bar herumtreiben, das könnte böse enden!"

Bevor ich antworten konnte, lag ich schon mit gebrochener Nase am Boden. Die Schmerzen waren kaum zu spüren, wohl aber die Angst, dass mein Leben jeden Augenblick vorüber sein konnte. Ich richtete mich auf und sah den Hass in den Augen des Mannes. Wieder und wieder schlug er zu, bis ich das Bewusstsein verlor...

Ich wachte am nächsten Tag in einem Raum auf, in dem noch einige andere Männer lagen. Es musste ein Krankenhaus sein, dachte ich damals, denn es roch überall nach Desinfektionsmittel. Ich versuchte, mich ein wenig zu orientieren und wollte mich aufsetzen, aber ich unterließ es sofort wieder. Ich bekam kaum Luft und meine Rippen schmerzten höllisch.
Als ich die erste Schmerzattacke überwunden hatte und wieder etwas zu mir kam, stand sie plötzlich vor mir!
Sie war die schönste Frau, die ich jemals gesehen hatte. Ihre Augen, das engelsgleiche Gesicht, die Warmherzigkeit und Güte, die sie ausstrahlte, und ihre wundervolle Stimme, als sie mich ansprach. Sie gab mir etwas zum Trinken und fragte, wie ich mich fühlte. Natürlich gab ich nicht zu, dass ich unheimliche Schmerzen hatte, aber schon bald verriet mir ihr wissendes Lächeln, dass sie mir nicht glaubte.
„Sie sind ziemlich zugerichtet worden. Einige Rippen sind gebrochen, Ihr Gesicht ist noch etwas geschwollen, und die gebrochene Nase wird sicher

auch wieder. Können Sie sich erinnern, was passiert ist, und verraten Sie mir Ihren Namen?"

Ich wusste damals nicht genau, was ich antworten sollte, aber ich hatte gleich Vertrauen zu ihr.

„Ich heiße Nico und ich bin wohl in eine kleine Schlägerei geraten."

Sie lachte und gab mir zu verstehen, dass ich mich wieder hinlegen sollte.

„Sie sind hier in einem Sanatorium. Ein Freund hat Sie letzte Nacht gebracht und mir zu verstehen gegeben, dass niemand wissen soll, dass Sie hier sind. Gibt es da etwas, was ich wissen sollte?"

Ihre Frage brachte mich etwas aus dem Konzept.

„Nein, gibt es nicht. Aber ich sollte vielleicht wissen, wem ich es zu verdanken habe, dass ich so gut versorgt wurde. Wie heißen Sie?"

Sie stand auf. Besah sich noch einmal den Verband in meinem Gesicht und kam mir dabei so nah, dass ich sie am liebsten auf der Stelle geküsst hätte.

Sie musste meine Gefühlslage bemerkt haben, denn sie wich einen Schritt zurück und lächelte verlegen.

„Ich denke, Sie müssen nicht ins Krankenhaus. Wir bekommen Ihre Wunden auch hier sehr gut in den Griff", sagte sie, als sie ging. „Ich bin übrigens Gabriella", beantwortete sie mir meine Frage und verließ das Zimmer.

Von diesem Moment an war ich verzaubert von ihr. Nie zuvor hatte mich ein Mädchen so fasziniert. Sie musste in meinem Alter sein, nicht viel älter oder jünger, aber sie hatte die Ausstrahlung einer erfahrenen Frau, die wusste, was sie tat und worauf es im Leben ankam.

Es ging mir von Tag zu Tag besser und ich dachte auch nicht mehr darüber nach, dass ich eigentlich gar nicht mehr in der Stadt sein, sondern mein Studium hätte beginnen sollen.

Vater hatte mir einen Boten geschickt. um zu sehen, wie es mir ging. Meine Mutter machte sich große Sorgen und hatte über einen Vertrauten veranlasst, dass ich hier unterkam.

Inzwischen war ich auf ihr Drängen in ein Einzelzimmer verlegt worden. Die meiste Zeit war es sehr langweilig, aber ich genoss jede Minute mit Gabriella. Sie nahm sich Zeit für mich, kümmerte sich liebevoll um mich und als es schließlich so weit war, den Verband über meiner Nase zu lösen, war ich plötzlich so nervös, dass ich zu zittern begann.

Ich saß auf der Bettkante. Gabriella kniete vor mir und löste nach und nach die einzelnen Lagen, die zusätzlich hinter meinen Ohren befestigt waren. Die ganze Zeit hatte ich mir keine Gedanken darüber gemacht, wie ich ihr gefallen würde, weil ich ja einen Verband im Gesicht hatte, jetzt aber wurde ich doch ein bisschen unsicher. Was, wenn sie mich nicht attraktiv genug fand? Als sie die letzte Lage gelöst hatte, sah sie mich an.

Anders als sonst.

Eindringlich, und ihre Augen begannen zu leuchten. Es war ein Farbenspiel von Braun, Grün und einem

Hauch von Orange, welches ihren Blick dem eines Engels gleichsetzte. Ich nahm vorsichtig ihre Hand und führte sie zu meinen Lippen. Ihre Haut war zart wie Samt und ich schloss für einen Moment die Augen. Als ich sie wieder öffnen wollte, spürte ich ihren weichen Mund auf meinem. Niemals werde ich diesen ersten Kuss vergessen können, niemals.

Sie war die Liebe meines Lebens, von diesem Augenblick an und auch, nachdem ich sie für immer verloren hatte...

14

Bella nahm einen Schluck Wein. Das erste Mal an diesem Abend. Er schmeckte hervorragend und er tat gut. Nachdem Esposito von Gabriella und dem Sanatorium erzählt hatte, wurde sie noch aufmerksamer. Auch Pietro hatte begonnen, ihr von dieser Frau zu erzählen. Es musste also eine Verbindung geben. Doch welche? Und warum war Bella diejenige, die Gabriellas oder in diesem Fall Espositos Geschichte erfahren sollte? Wer war diese Frau gewesen, dass sie so viele noch immer beschäftigte?

Die anfängliche Situation ihres ungewöhnlichen Zusammenkommens hatte sich geändert.
Ihr gegenüber saß ein alter Mann, der seine Lebensgeschichte mit ihr teilte. Sie sah in ihm keine Bedrohung mehr, vielmehr jemanden, dem es eine Herzensangelegenheit war zu reden.

Der Sturm hatte sich gelegt. Es war ruhig geworden und der große Saal strahlte eine gemütliche Atmosphäre aus.
Esposito wirkte nachdenklich. Es kam Bella so vor, als würde er in der Vergangenheit verharren.

Nach einigen Minuten sah er auf die Uhr und benutzte dann die Klingel, die auf dem Tisch stand. Kurze Zeit später kam eine junge Frau herein und überreichte Esposito einige Medikamente.

Als er sie eingenommen hatte, sah er Bella erwartungsvoll an.

„Darf ich fortfahren?", fragte er, als würde sie diese Entscheidung wirklich treffen können.

Sie nickte nur.

„Ich entschloss mich damals, mein Studium noch einmal zu verschieben. Ich konnte den Gedanken einfach nicht ertragen, ohne Gabriella zu sein. Auch nachdem ich längst aus dem Sanatorium entlassen war, sahen wir uns regelmäßig.

Eines Tages, wir trafen uns außerhalb der Stadt, um ein Stück spazieren zu gehen, fasste ich mir ein Herz und erzählte ihr, wer ich wirklich war. Sie hörte mir aufmerksam zu, sagte aber nichts.

Ich war verwirrt, ob es richtig gewesen war, ihr von meiner Familie zu erzählen, oder ob sie mich deshalb aus ihrem Leben verbannen würde. Ich hatte auf den Rat meiner Mutter gehört. Sie war die Einzige, die von meiner Liebe zu Gabriella wusste. Das zumindest dachte ich zum damaligen Zeitpunkt. Gabriella ließ mich lange zappeln, bis sie mir antwortete. Wir setzten uns auf eine Bank und lauschten den Vögeln. Meine Anspannung war regelrecht spürbar. Meine Beine wippten nervös auf und ab, meine Hände zitterten vor Aufregung.

„Ich weiß seit langem, wer du bist, und ich verstehe, warum du es mir nicht von Anfang an sagen konntest", sagte sie nach einer Weile. Es fiel mir ein Stein vom Herzen, sie schien nicht böse auf mich zu sein, dass ich sie belogen hatte.

„Ich habe dich kennengelernt, wie du bist, wer du wirklich bist und nicht, aus welcher Familie du kommst. Man kann sich seine Familie nicht aussuchen, aber man kann seinen eigenen Weg gehen, wenn der der Familie ein so grauenvoller ist. Ich habe mich in Nico verliebt, nicht in einen Esposito. Ich möchte dich jedoch um eines bitten: Niemals möchte ich in irgendeiner Art und Weise mit den kriminellen Intrigen und der Gewalt deiner Familie zu tun haben. Kannst du mir das versprechen?"

Ihr Blick war flehend und obwohl ich wusste, dass ich niemals jemandem ein solches Versprechen geben konnte, weil ich einfach nicht in der Lage war, meinen Vater zu beeinflussen, versprach ich es ihr.

Sie fiel mir dankbar um den Hals und tief in meinem Inneren spürte ich, dass wir es zusammen schaffen könnten.

Es vergingen einige Monate und wir waren einfach glücklich miteinander. Ich hatte inzwischen begonnen, im Museum zu arbeiten und das Leben gefiel mir. Auch wenn ich meinen Traum vom Studium vorerst ad acta gelegt hatte.

Im Frühjahr 1955 dann begann Gabriella, sich auf Drängen ihres besten Freundes Pietro mit Luciano zu treffen. Ich war davon wenig begeistert. Ich kannte Pietro nur aus ihren Erzählungen und der wusste nichts von mir. Gabriella hatte mir erzählt, dass er und seine Frau sie unbedingt verkuppeln wollten. Sie machte sich zwar darüber lustig, aber ich war gekränkt.

Sie erzählte mir aber auch, dass Luciano ein hervorragender Geschäftsführer war und sie tatsächlich im Sanatorium unterstützen könnte. Ich war mir nicht sicher. Irgendwie hatte ich kein gutes Gefühl dabei, zumal Luciano sicher nicht nur an dem Job interessiert war, sondern auch an Gabriella. Wer war das nicht? Sie war die schönste Frau Roms, die herzlichste und liebevollste dazu. Und sie war meine Frau! Nur wusste das kaum jemand. Diese Situation begann mir langsam wirklich zuviel zu werden. Ich wollte einfach nicht mehr verstehen, warum nicht jeder wissen durfte, wie glücklich ich mit Gabriella war.

Bis zum Sommer hielt ich es aus, dann musste ich mein Unbehagen loswerden.

Ich bat sie um ein Treffen in einer verlassenen Kirche, unweit vom Sanatorium entfernt.

Es war jedes Mal wunderbar, sie wieder in den Armen zu halten. Wir genossen die Zeit miteinander, jede einzelne Minute... doch ich musste mit ihr reden.

„Ich möchte diese Heimlichkeiten nicht mehr. Ich möchte, dass jeder weiß und sieht, dass wir

zusammengehören!", sagte ich, als sie in meinen Armen lag. Sie seufzte und setzte sich auf.

„Es geht mit genauso. Es wäre mir auch lieber, jedem von dir erzählen zu können, dass du meine Familie und meine Freunde kennenlernen würdest, du jeden Tag bei mir wärst...aber du weißt, dass es nicht geht und das Risiko zu groß ist. Ich möchte nicht ins Visier deiner Familie oder deren Feinde geraten und meinen Freunden kann ich das ebenfalls nicht antun, das weißt du."

Ja, das wusste ich. Dennoch konnte ich mit dieser Situation nicht mehr umgehen.

Wenig später stand sie auf.

„Ich muss zurück. Pietro und Maria haben ein Fest ausgerichtet und auch Luciano dazu eingeladen. Ich werde ihn wohl bitten, mich im Sanatorium zu unterstützen, auch wenn das wohl nicht ganz in seinem Sinne ist..."

Mit diesen Worten ließ sie mich zurück. Ich war wie vor den Kopf gestoßen, nicht ob der Tatsache, dass Gabriella mit ihren Freunden und Luciano feiern wollte und ich nicht dabei sein konnte, sondern deshalb, weil der ihr offenbar doch den Hof machte.

Ich hatte also recht gehabt! Er wollte mehr von meinem Mädchen!

Ich war wütend. Als ich zu Hause angekommen war, hatte ich mich noch immer nicht beruhigt. Mein Vater saß mit meinem Bruder im Salon. Sie tranken Whiskey und rauchten Zigarren. Die Geschäfte schienen wieder gut gelaufen zu sein an diesem Tag.

Völlig aufgebracht ging ich zu ihnen und goss mir ebenfalls ein Glas ein. Meine Mutter kam dazu und sah mir an, dass etwas nicht stimmte. Sie nahm mich mit nach nebenan und fragte, was passiert sei. Ich erzählte ihr alles, alles, was mich beschäftigte und von Luciano, auf den sich meine ganze Wut konzentriert hatte.

Sie hörte mir zu und versuchte, mich zu beruhigen.

Dass mein Bruder ebenfalls in den Raum gekommen war, hatte ich nicht bemerkt.

Erst, als er mich ansprach, wurde ich auf ihn aufmerksam.

„Meinst du diesen Luciano Russo? Leitender Geschäftsführer eines bekannten Hotels der Stadt?"

Ich nickte nur, mehr wusste ich von ihm nicht.

„Dieser Kerl steckt mit den Gallos unter einer Decke. Sein Name ist mir schon öfter untergekommen. Das Hotel macht horrende Profite, obwohl es meist unterbelegt ist. Er scheint ein Finanzgenie zu sein oder er ist in Geldwäschegeschäfte verwickelt. Und jetzt macht er auch noch unserem Nico Probleme?"

Ich hatte ihm gar nicht richtig zugehört. Auch nicht, als er wieder aus dem Zimmer ging und sagte, dass sich der Fall Luciano Russo ganz schnell zur Zufriedenheit aller erledigen ließe.

Mutter war aufgestanden und ihm nachgegangen. Ich war so in meiner Wut gefangen, dass ich überhaupt nicht mitbekam, was in den folgenden Stunden *passierte. Ich betrank mich und lag irgendwann in meinem Bett. Der Gedanke, dass sich Gabriella vielleicht mit diesem Luciano vergnügen könnte, ließ mich nicht mehr los. Ich fiel in einen unruhigen Schlaf. Als ich am nächsten Morgen verkatert aufwachte, hörte ich Schreie aus dem Salon.*

Es war meine Mutter. Sie schrie meinen Bruder und meinen Vater an. Ich verstand nicht, worum es ging, aber ich hörte sie sagen: „Er tat das nur, weil er dir imponieren will, aber sagt mir, wie kann man jemandem mit einem Auftragsmord imponieren? Ihr seid beide vollkommen verrückt!"

Sie schlug die Tür hinter sich zu und ließ die Männer fassungslos zurück.

Ich war nicht in der Verfassung zu fragen, was passiert war und was den Streit ausgelöst hatte.

Zuerst musste ich mir einen Kaffee machen, um wieder einen klaren Kopf zu bekommen.

Später fand ich meine Mutter weinend auf der Veranda. Ich nahm sie in den Arm, ohne zu fragen, was los war. Es musste wieder etwas Schreckliches passiert sein.

Ihr ging es ähnlich wie mir, sie hätte gerne eine ganz normale und glückliche Familie gehabt. Doch das waren wir nun mal nicht. Damals noch nicht.

Es dauerte ein paar Minuten, bis meine Mutter redete: „Dein Bruder hat ihn einfach umbringen lassen."

Ich wusste nichts damit anzufangen und sah sie fragend an.

„Luciano, Luciano Russo. Er ist tot!"

Esposito hielt kurz inne. Er hatte bemerkt, dass Bella ihn mit offenem Mund anstarrte. Sie war geschockt. Erst vor einigen Tagen hatte Pietro ihr diese Geschichte erzählt, aber erst jetzt ergab alles einen Sinn.

„Geht es dir gut, Isabella?", fragte Esposito sichtlich besorgt.
„Ja, danke. Es geht schon wieder. Ich habe nur darüber nachgedacht, wie schlimm das für Gabriella gewesen sein muss…darf ich fragen, ob sie oder Lucianos Familie je erfahren hat, wer den Mord begangen hat?"
Esposito schüttelte den Kopf.

Die Polizei suchte natürlich nach Lucianos Mörder. Sie fand sicher auch die Verbindung zu unserer Familie, aber es war, wie so oft, sie konnten uns nichts nachweisen. Es wurden viele Männer vernommen, auch ich, aber niemand sagte, was er wusste. Du musst wissen, trotz allem, was jemals passiert, eine Familie hält zusammen. Es wurde nie jemand für diesen Mord bestraft, wie für viele andere nicht. Die Espositos waren zu diesem Zeitpunkt die mächtigste Organisation in ganz Italien. Unsere Leute saßen in der Politik, bei der Polizei und im Gericht. Mein Vater hatte sämtliche Institutionen unterwandert, um unbeirrt seinen Geschäften nachgehen zu können.
Noch am gleichen Nachmittag ging ich zu Gabriella. Ich suchte sie im Sanatorium, in der Kirche, an jedem

Platz, den ich mit ihr zusammen je besucht hatte. Schließlich fand ich sie. Doch sie war nicht allein. Sie saß in der Bar gegenüber des Sanatoriums, im „La Luna". Dort habe ich Pietro, ihren besten Freund, und dessen Frau das erste Mal gesehen. Pietro sah mich kurz an.

Ich sagte nichts, sondern ging sofort wieder hinaus. Später, ich hatte auf Gabriella gewartet, traf ich sie am Hintereingang des Sanatoriums. Sie sah mich und blieb unvermittelt stehen. Ihr Blick durchbohrte mich und traf damit direkt mein Herz.

Von diesem Moment an wusste ich, dass sie mir die Schuld an Lucianos Tod gab. Ich wusste, dass es vorbei war, dass ich mein Versprechen gebrochen und sie verloren hatte!

Ich versuchte ihr zu erklären, dass ich nichts mit der Sache zu tun hatte, konnte ihr aber gleichermaßen auch nicht sagen, wie und warum Luciano sterben musste, um meine Familie nicht zu belasten. Ich redete bestimmt eine halbe Stunde auf sie ein, versuchte sie immer wieder in den Arm zu nehmen, doch sie ließ es nicht zu. Die ganze Zeit über sagte sie kein Wort. Die Tränen rannen an ihren wunderschönen Wangen hinab, der unbeschreibliche Schmerz stand ihr ins Gesicht geschrieben. Es war nicht nur der Schmerz, dass Luciano ermordet worden war, es war auch und vor allem der Verlust ihrer Liebe zu mir. Ich spürte es jede Sekunde stärker, ich bewegte mich in einem Hamsterrad und konnte es nicht anhalten, nicht wieder gutmachen, was geschehen war, konnte ihre Zuneigung nicht zurückerlangen...

Das Letzte, was sie zu mir sagte, war: „Ich möchte dich nie wieder sehen. Komme mir und meiner Familie nie wieder zu nahe!"

Ihre Worte klangen wütend, verletzt und dennoch so klar, dass es daran keinen Zweifel gab.

Sie ging und ließ mich im Hof zurück...

*

Esposito entschuldigte sich kurz. Seine letzten Worte klangen trotz der Verstärkung durch den Computer brüchig und leise. Er war nach all dieser Zeit noch immer sichtlich ergriffen. Er hatte seine große Liebe verloren und diese Wunde würde nicht verheilen.

Bella hatte Mitleid mit dem alten Mann und legte ihre Hand beruhigend auf seine. Er schaute auf, seine Augen waren mit Tränen gefüllt und sein Blick zeugte von Dankbarkeit und Glück.

„Du weißt gar nicht, wie viel es mir bedeutet, dass du endlich hier bist", sagte er leise zu ihr.

Sie hatte keine andere Wahl gehabt, aber das würde sie jetzt nicht sagen. Es war ihr ein Bedürfnis, ihm den

Gefallen zu tun, weiter zuzuhören, auch wenn es einfach nicht nachvollziehbar war, worum es ihm ging.

Plötzlich schoss ihr ein Gedanke durch den Kopf. Ein Erinnerungsfetzen, wie vor ein paar Stunden auf diesem Zimmer. Sie sah Gabriella vor sich. Sie strich ihr über den Lockenkopf und gab ihr einen Kuss auf die Stirn…

Es hatte sich real angefühlt, aber das konnte nicht sein, sie hatte diese Frau nie kennengelernt, nie gesehen.

Bastelte sich ihr Unterbewusstsein etwa seine eigene Geschichte zusammen, weil ihr die Ereignisse der letzten Wochen einfach über den Kopf gewachsen waren?

Esposito sah sie gütig an. Er bemerkte ihre Unsicherheit und wusste, dass sie überfordert sein musste.

„Du wirst noch verstehen…glaube mir."

Bella schüttelte den Kopf, als würde sie so ihre wirren Gedanken loswerden…

„Ich ging wenig später nach Amerika. Dort studierte ich für ein paar Monate Wirtschaft und Kunst, entschied mich aber, doch nach Russland zu gehen und das Land zu bereisen. Es ging mir gut, ich schaffte es, Gabriella für eine gewisse Zeit zu vergessen, alles zu verdrängen und genoss meine Freiheit und meine neue Art zu leben.

Ich erfuhr von den Entwicklungen in Italien.

Die 'Ndrangheta wurde gegründet. Eine Mafiaorganisation, die weltweit agierte. Mein Vater war federführend. Die Expansion dieser Organisation und der dazugehörigen Verbindungen zu vielen anderen kriminellen Vereinigungen erreichte auch mich. Mein Bruder besuchte mich, erzählte mir stolz von den Neuerungen und bot mir an, die „Geschäfte" in Russland aufzubauen. Ich lehnte dankend ab.

Ich wollte nie etwas damit zu tun haben und doch habe ich noch heute mit den Folgen dieser Entwicklung zu kämpfen.

Eine Tages erhielt ich ein Telegramm von meiner Mutter. Sie bat mich, nach Hause zurückzukommen, weil es Vater gesundheitlich nicht gut ging. Es waren inzwischen ganze sechs Jahre vergangen und ich wollte nicht mehr zurück. Ich konnte jedoch meiner Mutter die Bitte nicht abschlagen.

Als ich schließlich nach Hause zurückkehrte, hatte sich alles verändert. Mein Vater lag im Sterben, mein Bruder saß für mehrere Jahre im Gefängnis. Er hatte sich noch einige Dinge zuschulden kommen lassen, die die Polizei veranlassten, die Ermittlungen gegen ihn aufzunehmen. Ein unabhängiger Richter, der nicht durch die 'Ndrangheta finanziert wurde, verurteilte meinen Bruder schließlich wegen Geldwäsche und Betrugs.

Die gesamte Lebenssituation war eine andere geworden.

Mutter hatte unsere zahlreichen Unternehmen übernommen und es geschafft, unser einst kriminelles Image in ein angesehenes zu verwandeln. Wir konzentrierten uns auf den Handel mit Stoffen, die Modeindustrie und betrieben noch einige kleine Wäschegeschäfte in der Stadt. Legal. Aus der Vereinigung `Ndrangheta hatte sich meine Familie, zum großen Unmut meines Vaters, zurückgezogen.

Das erste Mal seit meiner Jugend fühlte ich mich zu Hause wieder wohl und sah eine Zukunft, die nicht von Angst und Gewalt geprägt war.

Aber meine Rückkehr war natürlich auch damit verbunden, Gabriella möglicherweise wiederzusehen. Ich wünschte mir einerseits nichts sehnlicher als das, andererseits hatte ich unglaubliche Angst, dass meine mühsam aufgebaute Mauer um mein Herz und die Liebe zu ihr mit einem Mal einstürzen würde. Ich wusste, dass ich es nicht noch einmal überleben würde, sie zu verlieren.

Mein Vater starb wenige Wochen nach meiner Rückkehr.

Die Trauerfeier fand in der Basilica di Santa Maria in Trastevere statt. Es waren unzählig viele Menschen gekommen, um von meinem Vater Abschied zu nehmen. Natürlich waren darunter auch viele, die sich gerne von ihm verabschiedeten, um unbeschadet ihren eigenen Geschäften wieder nachgehen zu können.

Doch es gab überraschend viele Menschen, denen er wirklich etwas bedeutet hatte.

Eine Polizeieskorte brachte meinen Bruder in Handschellen und Fußfesseln zur Beerdigung. Aus Angst, dass es Übergriffe geben könnte, musste er separat sitzen.

Es durfte keinen Kontakt zu uns geben. Das war die Vereinbarung mit der Policia de Stato.

Mein Bruder war offenbar ein anderer Mensch geworden. Nie hatte ich ihn vorher weinen sehen, nie so am Boden zerstört, nie so vom Leben gezeichnet.

Schließlich wurde an diesem Tag nicht nur unser Vater, sondern auch der ehemals größte Mafia-Boss Marcello Luigi Stefano Esposito zu Grabe getragen.

Ich war von meiner Mutter gebeten worden, ein paar Worte an die Trauergemeinde zu richten. Sie wollte, dass ich daran erinnerte, dass der große Esposito auch ein liebevoller Vater und Ehemann gewesen war, dessen Liebe zu seiner Familie dennoch an erster Stelle gestanden hatte.

Als ich geendet hatte und ein Musikstück erklang, schaute ich auf.

Und da sah ich sie!

Gabriella saß in einer der letzten Reihen. Sie trug einen schwarzen Hut mit einem Netz, welches ihre Augen halb verdeckte. Unsere Blicke trafen sich und ich weiß bis heute, wie schwer es für mich war, nicht den Halt zu verlieren. Alle über die Jahre mühsam *verdrängten Gefühle waren mit einem Mal wieder da. Ich fühlte, wie die Ketten um mein Herz in Stücke zersprangen und es sich wieder mit der Liebe zu ihr erfüllte.*

Ich sah es in ihrem Gesicht, ihrer Mimik, ihrer Gestik...auch sie hatte nie aufgehört, mich zu lieben...

*

Bisher war es nicht allzu schwer gewesen, sich dem Haus zu nähern. Wegen des anfänglichen Regens waren Espositos Leute nach drinnen gegangen. Matteo war bereits an der Hintertür, die laut Mikas Beschreibung nur selten bewacht war. Sie führte zu einem Kühl-und Lagerraum, an den sich ein Keller anschloss. Dort hielten sich die Wachen besonders gerne auf, wenn Esposito nicht gerade Besuch empfing oder irgendwelche Veranstaltungen ausrichtete. Matteo konnte nur hoffen, dass die Anwesenheit Bellas im Haus, wovon er fest überzeugt war, doch eine besondere Vorsicht gebot und sich niemand dort aufhielt.

Unbemerkt kam er an zwei Männern vorbei, die sich angeregt unterhielten und rauchten. Bei ihrem Anblick wurde ihm jedoch wieder bewusst, auf welch gefährlicher Mission er sich befand. Sie waren bewaffnet, wie er es selten gesehen hatte. Er und seine Kollegen würden sich in ihrem täglichen Job sicherer fühlen, wenn sie diese Ausstattung zur Verfügung hätten. Auf den ersten Blick konnte Matteo bei beiden Männern eine Maschinenpistole und jeweils zwei Handfeuerwaffen sehen, eine Schutzweste, einen Stichschutz am Hals und drei Magazintaschen am Gürtel. Er sah sich kurz um. Etwas weiter hinten standen noch vier Männer. Wie viele es insgesamt waren, würde er nicht herausfinden. Für einen kurzen Moment dachte er darüber nach, ob es nicht doch besser gewesen wäre, auf Unterstützung durch die Polizei zu warten. Diesen Gedanken verwarf er jedoch sofort wieder. Einzig wichtig war, Bella zu befreien, koste es ihn, was es wolle. Er wusste, wie schwierig es sein konnte, die Leitung der Carabinieri dazu zu bringen, in dieser Angelegenheit einzugreifen. Selbst wenn Conti sehr überzeugend argumentierte, würde es noch einige Zeit dauern, die nötigen Einsatzkräfte zu alarmieren.

Diese Zeit fehlte Matteo. Er wusste nicht, ob es Bella gut ging, oder ob diese Verbrecher ihr etwas angetan hatten. Dieses Gefühl, sie ein weiteres Mal nicht genug geschützt zu haben, zu leichtsinnig gewesen zu sein, nicht alles für sie getan zu haben, würde ihn ewig umtreiben.

Matteo kam unbemerkt zur Tür. Im Schatten einer hoch gewachsenen Pinie suchte er Schutz. Er erreichte den Türgriff. Die Tür war offen…

Wenn er es erst ins Haus geschafft hätte, würde es einfacher werden. Unbemerkt schlich er in den Lagerraum und lehnte die Tür nur an, um keine Aufmerksamkeit zu erregen.

Dass das jedoch ein Fehler war, sollte er später erfahren…

Der Lagerraum war sehr groß. Es gab viele Möglichkeiten, sich zu verstecken. Doch es war niemand zu sehen. Matteo nahm sein Handy heraus. Er war sich sicher, dass Esposito Bella in seinen abgegrenzten Privaträumen festhielt. Die lagen im Süden des Gebäudes. Momentan befand er sich im Nordtrakt. Er musste also einen Weg finden, um unbemerkt zur anderen Seite der Villa zu gelangen. Kurz überlegte er, ob er es hätte über den angrenzenden Park versuchen sollen, den er durch ein kleines Fenster sehen konnte. Doch auch das erschien ihm nicht einfacher. Er blickte noch einmal auf die übliche Wachliste, die ihm Mika hatte zukommen lassen: zwei Wachen in jedem Flur und am Zugang zu den Privaträumen waren es vier. Laut Mikas Plan hatte Matteo noch fünf verwinkelte Flure vor sich, bis er am Ziel war. Ein schwieriges Unterfangen, zumal er nicht wusste, ob Bella tatsächlich dort war.

Sich immer wieder umschauend ging Matteo weiter.

Als er Stimmen hörte, bot ihm ein alter Schrank Schutz. Drei Männer kamen schnellen Schrittes vorbei, einer von ihnen redete aufgebracht auf die anderen ein. Ihn hatten sie nicht bemerkt. Er war sich bewusst, dass er allein nicht gegen so viele Männer ankommen würde. Aber er hatte keine Wahl mehr. Bis hierher war er gekommen, er würde es auch bis zum Ende schaffen…dass die Wachleute bereits die geöffnete Tür entdeckt hatten und wussten, dass jemand ins Gebäude eingedrungen war, erahnte Matteo nicht…

*

Esposito war sehr ergriffen. Er schien die Vergangenheit noch einmal zu durchleben und man sah und merkte, wie schwer ihm das fiel, über seine unglückliche Liebe zu Gabriella zu sprechen. Mit zitternder Stimme redete er weiter:

Ich lief Gabriella damals nach. Sie verließ gleich nach meiner Rede die Kirche und ich zögerte keine Sekunde, um sie sprechen zu können. Ich hatte das Gefühl, dass jetzt alles anders war, ich ihr alles erklären konnte und wir vielleicht doch eine gemeinsame Zukunft hätten.

Aber ich verlor sie aus den Augen. Viel später an diesem Tag, als ich noch einmal in die Stadt ging, traf ich sie zufällig wieder. Sie saß mit Pietro, seiner Frau Maria und einem kleinen Mädchen an einem Tisch vor einem Café.

Sie schien gefasster zu sein als am Vormittag und beschäftigte sich mit der Kleinen. Die malte ein Bild, während sich die Erwachsenen angeregt unterhielten. Für eine Weile beobachtete ich sie nur, ich wollte nicht, dass sie gleich wieder die Flucht ergriff. Ich hatte sie so lange nicht gesehen und wie ich jetzt wusste, nie wirklich aus meinem Herzen entlassen. Sie war so wunderschön wie am ersten Tag unserer Begegnung im Sanatorium. Am liebsten hätte ich sie einfach in den Arm genommen...

Plötzlich hörte sie auf zu reden und sah sich um. Sie entdeckte mich. Sie musste gespürt haben, dass ich in der Nähe war.

Sofort nahm sie das Kind und ging weg. Pietro und Maria folgten ihr sofort. Ich stand wie angewurzelt da. Sollte ich ihr nachgehen, oder sollte ich es nicht tun? Ich entschloss mich, es bleiben zu lassen.

Diese Entscheidung bereute ich allerdings etwas später. Ich setzte mich an den Tisch, an dem sie noch vor Minuten gesessen hatte. Ich konnte keinen klaren Gedanken fassen. Was sollte ich nur tun? Ich wäre dankbar gewesen, wenn ich wenigstens mit ihr hätte reden können...aber sie schien das nicht zu wollen.

Ich bemerkte, dass auf dem Tisch ein Blatt Papier lag. Offensichtlich war es die Zeichnung, die das kleine Mädchen begonnen hatte.

Es waren ein Mann, eine Frau und ein Kind darauf zu erkennen. Das Bild war wirklich hübsch. Pietros und Marias Tochter hatte Talent, dachte ich.

Ich betrachtete es noch eine Weile.

Plötzlich kam mir der Gedanke, dass dieses Kind Gabriellas Tochter sein könnte. Auch wenn meine Mutter mir versichert hatte, dass die in stadtbekannte Leiterin des Sanatoriums nie in Begleitung eines Mannes gesehen worden war. Ich weiß nicht, warum ich erst jetzt, nachdem ich das Bild gesehen hatte, auf diese Idee gekommen war.

Ich schalt mich für meine Naivität, dafür, dass ich geglaubt hatte, dass eine Frau wie Gabriella ein Leben lang allein bleiben würde.

Nachdem ich wieder zu Hause war, verkroch ich mich regelrecht. Ich wollte mit niemandem reden, auch nicht mit meiner Mutter und meiner Schwester, die mich an diesem schweren Tag sicher gebraucht hätten. Irgendwann überwand ich meinen Groll und den Schmerz, Gabriella, nachdem ich sie endlich wiedergesehen hatte, bereits wieder verloren zu haben. Mutter saß in Vaters Salon und trank Wein. Sie war in ihren eigenen Gedanken gefangen und bemerkte nicht, dass ich mich zu ihr gesetzt hatte.

Irgendwann fragte sie mich, wie es mir ginge und ob sie mir etwas Gutes tun könne. Ich lachte kurz auf und schüttelte den Kopf.

„Ich glaube, mir kann niemand mehr helfen", sagte ich traurig.

Dann erzählte ich meiner Mutter doch, was passiert war. Sie hörte mir aufmerksam zu und am Ende meiner in Selbstmitleid ertränkten Ausführungen stellte sie mir eine Frage:

„Wie alt war dieses kleine Mädchen?"

Zuerst befand ich diese Frage nicht für wichtig, dachte aber dann trotzdem darüber nach. Wenn ich an meine Schwester zurückdachte, als sie noch klein war, würde ich sagen, dass sie ungefähr sechs Jahre alt gewesen sein musste.

Ich antwortete meiner Mutter. Das Einzige, was sie darauf entgegnete, war: „Bist du dir sicher, mein Sohn?"

Ich verstand zuerst ihre Fragestellung nicht. War es wichtig, wie alt dieses Kind war? Als ich aber ihre hochgezogenen Augenbrauen sah, fiel es mir wie Schuppen von den Augen!

Sechs Jahre alt!

Ja, das war die Kleine bestimmt!

Und vor etwas mehr als sechs Jahren hatte ich Gabriella verlassen müssen.

Dieses Kind könnte meine Tochter sein!

Sie war meine Tochter!

Ich war mir mit einem Mal so sicher, dass es gar keinen Zweifel daran geben konnte!

Gleich am nächsten Tag fuhr ich ins Sanatorium. Ich hatte keine Ahnung, was ich sagen oder tun könnte, aber ich wusste, dass ich die Wahrheit erfahren musste. Es hatte mich die ganze Nacht umgetrieben, ich hatte keine Minute Schlaf gehabt und dementsprechend sah ich auch aus.

Ich nutzte den gusseisernen Türklopfer an der großen hölzernen Eingangstür neben dem Schild: Sanatorio Gabriella.

Nichts regte sich. Es blieb alles still. Nachdem ich es noch einmal versucht und sich nichts getan hatte, ging ich um das Haus herum in den Hof.

Dort sah ich Gabriella Wäsche aufhängen.

Sie hatte sich nicht verändert. Sie war noch immer so schön und anmutig wie damals.

Das Mädchen aus dem Cafe´ kam auf einmal angelaufen und rief: „Schau, was ich kann!“ Sie nahm ihr Springseil und hüpfte ein paar Mal hindurch. Es war zauberhaft, ihr zuzusehen. Sie hatte helles, gelocktes Haar, große Augen und ein Engelsgesicht, welches dem Gabriellas glich.

Ich überlegte nicht mehr, sondern ging einfach auf die beiden zu.

Als Gabriella mich sah, erschrak sie. Sie sagte immer wieder zu dem Mädchen, dass sie ins Haus gehen sollte. Aber sie hörte nicht darauf. Stattdessen lief sie mir entgegen.

„Wer bist du?", fragte sie.

Gabriella unterbrach sie sofort.

„Das ist niemand, nur ein Bekannter. Bitte geh jetzt hinein!"

Diesmal gehorchte sie.

Ich sah Gabriella an. Ich musste meine Frage nicht formulieren, sie wusste, was ich sagen wollte.

„Das ist Pietros und Marias Tochter. Ich passe heute nur auf sie auf. Ich hatte dich gebeten, nie wieder hierherzukommen! Was tust du dann hier?"

Ich glaubte ihr kein Wort. Dafür kannte ich sie zu gut. Es gehörte nicht zu ihren Stärken zu lügen. Das hatte sie nie gekonnt. Sie wirkte unsicher, die Situation war ihr sichtlich unangenehm.

„Bitte sag mir einfach die Wahrheit", bat ich sie.

Gabriella drehte den Kopf schuldbewusst beiseite.

Die Kleine kam wieder angerannt.

„Mama? Darf ich jetzt wieder hier spielen?"

Gabriella stöhnte erschrocken auf.

Und ich konnte mir nicht verkneifen zu lachen.

„Jetzt hat dich wohl jemand verraten", sagte ich und kniete mich zu dem Mädchen auf den Boden. Bevor ich etwas sagen konnte, fragte sie:

„Bist du vielleicht mein Papa?"

Die Kleine nahm wirklich kein Blatt vor den Mund. Ihre Direktheit schien sie von ihrer Mutter zu haben.

Ich schaute zu Gabriella auf, die wie vom Donner gerührt dastand. Sie verbarg das Gesicht in ihren Händen und damit ihre Tränen.

Als sie sich wieder einigermaßen gefangen hatte, nahm sie die Kleine an die Hand und brachte sie hinein.
Kurze Zeit später kam Gabriella zurück.
Sie hatte ihre Souveränität zurückerlangt.
„Ich bitte dich ein zweites Mal, dich von meiner Familie fernzuhalten! Du hast kein Recht, hier einfach aufzutauchen! Und deine Annahme, der Vater meines Kindes zu sein, ist vollkommen falsch!"
Ich versuchte, sie zu beruhigen. Ich wusste, dass sie alles tun würde, um mich vom Gegenteil zu überzeugen.
Aber ihre Körpersprache war eine andere.
Immer wieder schlug sie meine Hand weg.
„Lass uns in Ruhe! Wir kommen sehr gut ohne dich klar! Ich möchte nicht, dass meine Tochter jemals erfährt, wer ihr Vater ist und jetzt geh und komme nie wieder zurück!"
Ich war vollkommen vor den Kopf gestoßen.
Gerade hatte ich erfahren, dass ich eine Tochter hatte und wurde zugleich, ohne jemals eine Chance gehabt zu haben oder zu bekommen, verstoßen.
Der Name meiner Familie sprach also noch immer für sich. Gabriella hatte mir einmal gesagt, sie habe sich in Nico und nicht in den Namen Esposito verliebt, aber das schien sie lange vergessen zu haben und auch, dass es vielleicht nicht immer nur eine Wahrheit gab.

Obwohl ich ihr alles hätte erklären und sie von meiner Unschuld an Lucianos Tod hätte überzeugen können, ließ sie es nicht zu.

Ihr Entschluss stand fest.

Und ich ging...

15

Es war still geworden. Weder Bella noch Esposito
sagten etwas.
Dann zog er ein Stück Papier aus seinem Jackett.
Es war alt. Oft aufgefaltet, abgegriffen.
Er schob es ohne ein Wort zu ihr hinüber.
Die sah ihn fragend an.
„Schau es dir an, bitte!", sagte er leise.
Bella nahm das Blatt und legte es auseinander.
Es war das Bild des kleinen Mädchens, von dem
Esposito erzählt hatte.
Eine Frau, ein Mann und ein Kind. Unterschrieben in
kindlicher Schrift: SoPhia

Bellas Herz raste.
Das Papier in ihrer Hand begann zu flattern.
Sie warf es weg, als würde es brennen.

Esposito beobachtete Bella, dann betätigte er die
Klingel.
Kurz darauf trat Greta ein und führte Bella wortlos
hinaus. Sie begleitete sie in ein Badezimmer, dann ließ
sie Bella allein.
Ihren mitleidigen Blick nahm diese nicht wahr.
Sie traute sich nicht, in den Spiegel zu schauen, aus
Angst, einer völlig Fremden gegenüberzustehen. Sich

auf dem Wannenrand abstützend, suchte sie nach Halt, sank aber schließlich auf den Boden. Sie legte den Kopf auf die Knie und verbarg ihr Gesicht in den Händen. Tränen rannen durch ihre Finger und durchnässten ihre Kleidung.

Niemals, wirklich niemals hätte sie mit solch einem Ausgang dieses Gesprächs gerechnet.

Sophia, ihre Mutter, war die Tochter Espositos?!

Sie bekam ihre Gedanken nicht geordnet.

Wie konnte das alles möglich sein? War das alles nur ein krankes Spiel?

Gabriella soll ihre Großmutter gewesen sein? Konnte sie sich deshalb ab und zu an bestimmte Situationen mit ihr erinnern, obwohl sie sie eigentlich gar nicht kennen konnte?

Oder kannte sie sie doch?

Bella erinnerte sich an ihren Traum, kurz bevor sie von Greta zu Esposito gebracht wurde.

Der Besuch im Zoo. Im Traum sagte sie zu ihrem Vater, dass sie jemanden vermissen würde. Hatte sie damit Gabriella gemeint? War sie bei ihr zu Besuch gewesen und kannte sie sich deshalb auch instinktiv im alten Sanatorium aus?

So viele Fragen stürzten über sie herein, dass sie nicht in der Lage war, rational zu denken. Am liebsten würde sie jetzt einfach wegrennen, alles hinter sich lassen und in ihr altes und langweiliges Leben zurückkehren.

Aber dass das nicht möglich war, wusste sie. Nicht nach allem, was passiert war. Selbst wenn sich alles als eine große Lüge oder ein Missverständnis herausstellen sollte, nichts wäre mehr wie zuvor.

Langsam stand sie auf. Ihre Beine trugen sie kaum. Bella ließ das Wasser über ihre Hände laufen und wusch sich das Gesicht ab. Sie beobachtete die kleinen Wassertropfen, die über ihre Haut glitten. So klar und rein…Lange schaute sie diesem Vorgang zu, ohne zu denken, ohne zu fühlen…es tat gut, sich eine kurze Auszeit zu nehmen.

Bevor sie wieder zur Tür ging, erhaschte sie noch einen Blick in den Spiegel.

Diese Frau, die ihr entgegenschaute, war nicht sie selbst, doch darüber mochte Bella nicht nachdenken, nicht jetzt.

Greta hatte geduldig gewartet. Sie begleitete sie zurück in den Saal.

Esposito sah Bella mitfühlend an.

„Es tut mir sehr leid, dass ich deine Welt aus den Fugen reiße, aber ich denke, du hast die Wahrheit verdient."

Er senkte den Kopf.

Er wusste, wie es ihr in diesem Moment ergehen musste.

Sie riss sich zusammen und fragte: „Wie ging die Geschichte weiter, warum bin ich heute hier?"

Esposito lächelte. „Ich bin einfach dankbar dafür, dich kennenlernen zu dürfen."

Bella konnte nicht so recht darauf eingehen. Sie schwieg und ließ ihn weiterreden:

„Ich hielt mich an die Anweisung deiner Großmutter. Ich kam ihr nicht mehr zu nahe, aber ich ließ es mir auch nicht nehmen, meine Tochter aufwachsen zu sehen.

Ab und an beobachtete ich Sophia, wenn sie mit Freundinnen spielte, sah zu, als sie am ersten Schultag stolz nach Hause zurückkam und konnte zumindest so ein wenig an ihrem Leben teilhaben. Sie wuchs zu einer wunderbaren jungen Frau heran. Ich war so stolz, auch wenn ich sie das nie wissen lassen durfte.

Irgendwann heiratete ich auf Bitten meiner Mutter Elena. Ich mochte sie sehr, aber die Zuneigung zu ihr ließ sich nicht mit der Liebe zu Gabriella vergleichen. Wir bekamen einen Sohn.

Als Sophia älter wurde, sah ich sie nur noch selten. Zuerst dachte ich, das sei normal und es wäre sicher auch nicht sehr höflich von mir, einer jungen Frau nachzustellen, aber dann hatte ich sie komplett aus den Augen verloren.

Viele Jahre später erfuhr ich, dass sie mit einem der Mortis verheiratet war und in Deutschland lebte.

Die Mortis waren eine Familie, die ähnlich meiner Familie in den 50er Jahren viele Geschäfte auf nicht ganz legale Weise erledigt hatten. Soviel ich erfahren hatte, war Antonio Morti ein Aussteiger, wie ich es damals gewesen war. Mehr wusste ich nicht. Mir war auch nicht bekannt, dass meine Tochter bereits selbst ein Kind hatte, nicht bis zu dem Zeitpunkt zumindest, als das tragische Unglück geschah...

Meinte Esposito etwa den Unfall ihres Vaters? Sie versuchte, etwas zu sagen, doch er gebot ihr zu schweigen. Er hielt die Hand an sein Ohr.

Jetzt erst bemerkte Bella, dass er ein Headset trug.

Seine Mundwinkel senkten sich, er schien angespannt zuzuhören.

„Wir werden unterbrochen", wandte sich Esposito wieder an sie, „bitte entschuldige, aber ich befürchte, diese Angelegenheit duldet keinen Aufschub!"

Espositos Tonlage hatte sich geändert. Von der gerade noch gefühlvollen Erzählung über die Begegnung mit Gabriella war nichts mehr übrig.

Er schaute finster, verärgert und erwartete offensichtlich jeden Moment jemanden.

Mit einem Mal flog die große Holztür auf.

Manzara schritt voran, zwei Männer liefen hinter ihm. Sie schleiften eine weitere Person herein und warfen sie Esposito regelrecht vor die Füße.

Bella schrie auf. Doch sie konnte sich nicht einen Millimeter bewegen.

Esposito wies die Männer an, den Mann am Boden aufzusetzen. Seine dunkle Kleidung war zerrissen, Blut strömte über sein Gesicht, die Schmerzen, als seine Arme auf den Rücken gezogen wurden, um sie dort zu fesseln, schienen nichts im Vergleich zu seinen sonstigen Verletzungen zu sein. Manzara zog ihm mit einem kräftigen Ruck den Kopf nach hinten.

Matteo!

Bella sprang auf. Ihr Herz überschlug sich, sie zitterte am ganzen Körper.

„Bella…", seine Stimme versagte sofort wieder und er sackte zusammen. Sie rannte auf ihn zu, wollte ihn wieder aufrichten… doch Manzara kam ihr zuvor. Er stieß sie weg und lachte höhnisch.

„Den kennst du, nicht wahr? Er hat den Fehler begangen, in unser Haus einzudringen und du siehst ja, wie wir mit Eindringlingen verfahren…"

Esposito griff ein.

„Lorenzo! Du hörst sofort auf! Deine Arroganz ist unerträglich."

Matteo regte sich nicht mehr. Lorenzo hatte ihn wieder auf den Boden gestoßen. Überall war Blut…Bella schrie aus Leibeskräften und versuchte, zu ihm zu gelangen. Manzara zerrte sie erneut weg und sah sie hasserfüllt an.

„Ich denke nicht, dass ich jetzt aufhöre!" Er wandte den Blick nicht von Bella ab. Seine Missachtung gegenüber ihr und seinem Vater war deutlich spürbar.

„Ich denke, ich sollte auch noch etwas zu unserer Familiengeschichte beitragen!"

Esposito sah ihn drohend an und wollte ihn zum Schweigen bringen.

Lorenzo aber ließ sich nicht beirren. Seine Stimme klang kraftvoll und angsteinflößend.

„Hat dir der alte Mann schon von deinem Vater erzählt?"

Lorenzo Manzara sah Bella kalt lächelnd an und zog dabei die Braue hoch.

„Eure kleine süße Familie kam nach Rom, sicher erinnerst du dich daran, du musst ungefähr fünf Jahre alt gewesen sein? Es wäre wohl besser gewesen, wenn ihr es nicht getan hättet, stimmt´s?" Manzara kam ihr immer näher.

„Dein Vater, Antonio Morti, war nämlich nicht nur zu Besuch in seiner alten Heimatstadt. Er hatte noch einige geschäftliche Dinge zu erledigen, die mir überhaupt nicht in den Kram passten. Er hatte sich zwar aus seiner Familie zurückgezogen, ja, aber er konnte mir immer noch gefährlich werden. Anders als mein ehrwürdiger Vater hier, war ich nämlich nicht gewillt, die Geschichte der Familie Esposito einfach so abzuschließen. Ich trage zwar den Namen meiner Mutter Elena, aber ich war und bin ein Esposito!

Hinter dem Rücken meines Vaters hatte ich begonnen, ein paar Dinge zu organisieren, die in euren Augen vielleicht illegal waren. Es war mein Ziel, die Machtposition in der Stadt zurückzuerobern.

Morti kam mir dabei in die Quere. Er war der Meinung, er könnte meine Drogengeschäfte durchkreuzen, indem er bei einer Verhandlung, in der es um einen meiner Mittelsmänner ging, gegen ihn und mich aussagen würde. Nach dem ersten Verhandlungstag, an dem ich nicht anwesend gewesen war, erhielt ich einen Anruf

meines Anwalts. Er versicherte mir, dass dein Vater, der Mann meiner Stiefschwester, mir tatsächlich das Handwerk legen könnte. Ich hatte also keine andere Wahl, ich musste so schnell wie möglich handeln!"
Lorenzo baute sich vor Bella auf. Er wollte ihr Gesicht sehen, wenn er es ihr sagte.
„Ich wartete also ab, bis er aus dem Gerichtssaal kam und in Richtung Park lief. Ich habe dich mit deiner Mutter gesehen. Meine süße kleine Nichte Isabella mit einer Puppe im Arm. So niedlich." Er grinste überheblich.

Bella wollte nicht glauben, was gerade geschah.
Sie hatte alles wieder vor Augen, jedes einzelne Detail…

„Ich fuhr also los, als er die Straße überquerte, ich dachte schon, ich würde es nicht schaffen, aber im letzten Moment, kurz bevor er den Bürgersteig erreicht hatte, erwischte ich ihn! Andernfalls hätte es vielleicht nicht wie ein tragischer Unfall ausgesehen. Ich hatte Glück!"
Sein erbärmliches Lachen erfüllte den ganzen Saal.
Adrenalin schoss durch Bellas Körper. Sie stand auf und trat ihm direkt gegenüber.
Der Hass in ihrer beider Gesichter war nicht zu übersehen. Die Luft vibrierte vor Zorn.

„Du hast meinen Vater umgebracht!"

Ihre Worte kamen wie in Zeitlupe bei den Anwesenden an.

„Ja, das habe ich wohl", grinste Lorenzo selbstsicher.

Isabellas unglaublich kraftvoller Faustschlag fühlte sich im ersten Schockmoment für Lorenzo Manzara wie ein zartes Stechen an, aber gleich darauf spürte er den Schmerz in seinem ganzen Gesicht. Sein Kopf war durch den Schlag zur Seite geschleudert worden und er hatte Mühe, sofort wieder zu sich zu kommen.
Damit hatte er nicht gerechnet.
Bella stand noch immer vor ihm. Wie versteinert, in Erwartung eines Gegenschlages. Sie war bereit. Nie hätte sie geglaubt, jemals zu erfahren, wer für den Tod ihres Vaters verantwortlich war. Jetzt, da sie seinem Mörder gegenüberstand, war sie stärker denn je und sie schwor sich, ihn dafür büßen zu lassen.

Lorenzo spukte ihr vor die Füße. Doch das beeindruckte sie nicht.
„Ich sagte dir bereits, dass ich auch dich hätte längst umbringen sollen, als ich noch die Gelegenheit dazu hatte. Aber dein lieber Großvater hier wollte dich ja unbedingt noch lebendig kennenlernen! Aber ich kann gerne nachholen, was ich versäumt habe…"

Esposito wollte

nicht zulassen, dass die Situation außer Kontrolle geriet. Immer wieder rief er dazwischen, doch weder Lorenzo noch Bella reagierten auf ihn.

„Warum hast du solche Angst vor mir?", fragte Bella provozierend und starrte Lorenzo weiter an.
„Angst? Vor dir?" Wieder lachte er höhnisch.
„Angst würde ich es nicht nennen. Aber du verstehst doch sicher, dass ich mir durch die einst verschollene und plötzlich wieder aufgetauchte Enkeltochter mein Erbe nicht streitig machen lasse, oder?"

„Es reicht!"
Espositos blecherner Schrei durchfuhr Bella und holte sie in die Realität zurück.
Sie wandte sich an Esposito. Sie wollte Antworten!
„Erklären Sie mir, wie Sie mich ausfindig gemacht haben!"

Der schaute reumütig.
„Es gab einige Wohnungsdurchsuchungen in Deutschland, wie du sicher weißt, in denen es um Menschenhandel und Drogen ging. Mein Name wurde ebenfalls erwähnt, obwohl ich mit diesen Dingen bei Gott nichts zu tun gehabt habe. Einige meiner Anwälte schlossen sich mit einer deutschen Kanzlei zusammen, um diese Angelegenheiten für mich aus der Welt zu schaffen.

Dabei tauchte irgendwann dein Name auf, da du im Auftrag einige Schriftstücke unterzeichnet hattest. Ich wusste sofort, dass du es bist. Um ganz sicherzugehen, habe ich Lorenzo gebeten, dich zu beobachten und mir zu berichten. Bereits bei den ersten Fotos, die er mir zuschickte, war klar, dass du meine Enkeltochter bist. Du hast unglaubliche Ähnlichkeit mit Gabriella, auch wenn du selbst das nicht weißt.

Als du dann nach Rom gekommen bist, beauftragte ich meinen Sohn, dich zu mir zu bringen.

Dass er dich regelrecht entführt und auch verletzt hat, wusste ich zu Beginn nicht. Er hat versucht, mich zu hintergehen, einmal mehr. Erst durch seine eigenen Verletzungen wurde mir klar, was wirklich passiert war. Er musste mir Rede und Antwort stehen und es wird Konsequenzen haben!"

Lorenzo verdrehte die Augen wie ein kleines Kind. Nichts an seinem Verhalten zeugte von Respekt.

„Ich habe mein Leben lang darauf verzichtet, Teil eures Lebens zu sein, weil ich euch nicht in Gefahr bringen wollte", fuhr Esposito fort.

„Ich hoffe, du kannst mit irgendwann verzeihen, Isabella."

Bella konnte einfach nicht mehr…sie stürzte sich auf Matteo, dessen blutüberströmter Körper leblos dalag.

Sie übersäte ihn mit Küssen, redete auf ihn ein…aber er reagierte nicht.

Alles, was sie in den letzten Stunden erfahren hatte, war zuviel gewesen.

Sie sehnte sich nach Ruhe, einer Auszeit für ihre Gedanken und Empfindungen, die sie nicht mehr einordnen konnte. Ihr ganzes Leben hatte sich als ein vollkommen anderes herausgestellt. Sie sehnte sich nach Matteo, seiner Liebe, seiner Zuneigung, nach dem einzigen Halt in ihrem Leben…schluchzend legte sie ihren Kopf an seinen Hals…er atmete, ganz schwach, aber er tat es…

Plötzlich erfüllte lautes Geschrei das Haus. Schritte waren zu hören…die Tür zum Saal wurde aufgestoßen. Innerhalb von Sekundenbruchteilen standen mehrere vermummte und schwer bewaffnete Polizeibeamte im Raum. Es ging alles rasend schnell.

Lorenzo wurde sofort festgenommen, auch die anderen Männer, die Matteo gebracht hatten.

Bella schaute nicht einmal auf.

Erst als Giuseppe Conti vor ihr stand, realisierte sie, was gerade geschah.

Er sagte nichts. Er sah Matteo und wies seine Leute sofort an, ihn hinauszubringen.

Neben Esposito standen zwei Beamte, einer richtete die Waffe auf ihn.

Mehr bekam Bella nicht mehr mit.

Sie bemerkte nicht, dass sie hinausbegleitet wurde, auch nicht, dass sie fiel und von einem Polizisten wieder aufgehoben wurde und sie bemerkte auch nicht mehr, wie sie schließlich ohnmächtig wurde...

16

Mama ist in der Küche. Sie hat mir versprochen, dass ich heute mit ihr kochen darf. Immer, wenn wir etwas Besonderes kochen, bin ich ganz stolz darauf, helfen zu dürfen. Es ist wie in Italien, wie in Nonnas* Küche, wenn wir dort zu Besuch sind. Papa freut sich sicher schon auf unser Essen, wenn er nachher von der Arbeit nach Hause kommt. Ich darf die Soße machen, die er so gerne mag. Mama erlaubt mir sogar, das Basilikum zu schneiden. Ich bin auch ganz vorsichtig.

Die Pasta ist gerade fertig, als er zur Tür hereinkommt. Ich springe an ihm hoch und er wirbelt mich durch die Luft, bis ich quietsche. Mama kommt zu uns und drückt uns beiden einen dicken Kuss auf die Wange...ich liebe es, wenn wir drei so zusammen sind. Ich liebe es, mit Papa zu spielen und zu toben, ich liebe es, mit den beiden zu kuscheln und ich liebe es, wenn wir zu Hause italienisch sprechen, so wie bei Nonna...Wenn wir wieder nach Rom fliegen, dann erzähle ich ihr von unserem Ausflug an den See vor ein paar Tagen. Ich kann sogar schon ein bisschen schwimmen. Vielleicht fahren wir dann alle zusammen ans Meer und ich kann ihr zeigen, was mir Papa beigebracht hat.

*Nonna: Oma, Großmutter

Ich freue mich so sehr auf Rom...es ist so abenteuerlich, in dem alten Haus von Nonna herumzutoben. Ich entdecke immer wieder neue Dinge. Es gibt viele Zimmer, in denen noch alte Betten stehen, auf denen ich herumhüpfe, wie ein Flummi. Ich habe auch schon ganz viele alte Sachen gefunden. Nonna erzählt mir dann immer Geschichten von früher. Da waren ganz viele kranke Menschen in ihrem großen Haus, die alle von ihr gesund gepflegt worden sind. Oft gehen wir hinüber zu Pietro und Maria. Ich mag die beiden so sehr. Ich bekomme immer heimlich ein Eis bei ihnen, oder vielleicht auch zwei, wenn es Mama und Papa nicht sehen. Bei unserem letzten Besuch habe ich Nonna gefragt, warum sie immer alleine ist und warum ich keinen Großvater habe. Sie hat mich angesehen und gesagt, dass sie doch mich hat und Mama und Papa und Pietro und Maria...sie braucht niemanden anderen, um glücklich zu sein, sagte sie...

*

Es ist so herrlich warm und der leichte Wind bringt eine leichte Abkühlung. Am Strand entlanglaufen und an nichts zu denken...nur genießen...ein wunderbares Gefühl.

Der Sand rinnt durch meine Finger...jedes einzelne Korn hinterlässt ein zartes Kribbeln auf meiner Haut. Die Sonne scheint so herrlich und lässt das türkisblaue Wasser jedes Mal, wenn es auf den Stein trifft, wie Millionen kleine goldene Tropfen aussehen, die in den Himmel springen. Ich schließe die Augen, spüre seine Nähe...ich kann fühlen, wie seine Lippen zärtlich meinen Hals berühren, seine Haare über mein Gesicht streichen und mir kleine Schauer über den Rücken laufen lassen...
Ich kann seine Hände auf meiner Haut spüren und das unbedingte Verlangen, mich nicht loslassen zu wollen...

Irgendetwas ließ Bella aus ihrem glückseligen Schlummer erwachen.

Irritiert schaute sie sich um.

Nur langsam erkannte sie, wo sie war: Die Umgebung, das große gemütliche Bett, das lange Fenster zu ihrer Linken, das die Sonnenstrahlen hereinließ, die hübsche kleine Kommode...sie war in ihrer Ferienwohnung.

Für einen kurzen Augenblick war sie dankbar, offenbar nur geträumt zu haben. Es war unglaublich, dass sie sich an jedes Detail ihres Traumes erinnern konnte.

An ihre Eltern, an Gabriella...

Langsam kehrte alles wieder zurück. Die Erinnerung an ihre Kindheit, bevor ihr Vater starb, die Erinnerung an die Besuche bei ihrer Großmutter und bei Pietro. Aber dann erinnerte sich auch an die letzten Geschehnisse in Espositos Villa…

Sie musste aufstehen. Bella hatte nicht die geringste Ahnung, welcher Tag war. Sie hatte absolut kein Zeitgefühl mehr. Wie lange hatte sie geschlafen? Wie war sie in ihre Wohnung gekommen? Offenbar hatten ihr Körper und ihr Bewusstsein eine Zwangspause eingelegt, um sich ein wenig zu erholen.

Aber das war jetzt nicht mehr wichtig.

Sie musste Matteo sehen, sie musste wissen, was mit Pietro geschehen war…

Plötzlich hörte Isabella ein Geräusch. Es musste aus der Küche kommen. In Erwartung einer erneuten unheilvollen Begegnung zog sie sich in die hinterste Ecke des Bettes zurück. Sie hörte ein Summen. Isabella verharrte im Bett.

Dann sah sie jemanden langsamen Schrittes aus der Küche in das kleine Wohnzimmer kommen.

Bella traute ihren Augen nicht. Konnte es wirklich sein, dass…

„Pietro?"

Der alte Mann fuhr herum.

„Du kannst doch einen alten Mann wie mich nicht so erschrecken, ich bin dem Tod gerade erst von der Schippe gesprungen."

Pietro lachte. Bella sprang aus dem Bett und fiel ihm um den Hals. Er musste sich etwas abstützen, seine Schulter war verbunden, sein Arm lag in einer

Schlinge. Aber er war dankbar, sie wieder bei sich zu haben.

„Was ist passiert?", fragte Bella besorgt.

„Nun ja, ich wurde wohl angeschossen. Aber keine Sorge, es war ein glatter Durchschuss, halb so schlimm, auch wenn ich ein bisschen Mühe hatte, wieder auf die Beine zu kommen. Ich bin ja auch keine 30 mehr. Nachdem ich erfahren hatte, was in der Esposito-Villa vorgefallen ist, habe ich mich heute Morgen nach zwei Tagen selbst aus dem Krankenhaus entlassen, ich musste dich einfach sehen!"

Bella hatte also mehr als einen gesamten Tag geschlafen, wenn sie sich richtig erinnerte. Sie konnte sich überhaupt nicht vorstellen, dass Pietros Sohn Luca und seine Frau einfach zugelassen hatten, dass er nach so kurzer Zeit bereits nach Hause kam.

„Bist du dir sicher, dass es dir gut geht und du nicht noch hättest bleiben müssen?"

Pietro winkte ab.

„Ich gebe zu, dass es mir kurz nach der Operation noch nicht so gut ging. Ich dachte, dass das jetzt mein Ende wäre, aber nachdem ich Matteo das Versprechen abgenommen hatte, dich aus den Klauen dieser Mafiabande herauszuholen, kamen nach und nach meine Lebensgeister zurück."

Das hätte er vermutlich nicht sagen sollen. Er hatte ihn durch seine Bitte in Gefahr gebracht und soweit er erfahren hatte, lag jetzt Matteo schwer verletzt im Krankenhaus.

Beruhigend bat er Bella, sich zu setzen.

„Du hast ihn darum gebeten?"

Sie klang verängstigt.

„Ja. Und es tut mir wirklich sehr leid, was passiert ist", antwortete Pietro traurig.

„Wo ist er? Weißt du, wie es ihm geht?"

„Ein Polizeibeamter war gestern noch bei mir und hat mir ein paar Fragen gestellt. Natürlich habe ich mich nach Matteo erkundigt. Er sagte mir, dass er ebenfalls im Krankenhaus liegen würde, aber außer Lebensgefahr sei."

Bellas Augen füllten sich mit Tränen.

Er hatte sein Leben riskiert, um sie zu retten. Er hatte ja nichts von dem eigentlichen Grund ihrer Entführung durch Esposito gewusst.

„Ich muss zu ihm!"

Pietro nickte.

„Ich weiß, dass du das musst, aber zuerst solltest du selbst auf die Beine kommen. Er ist in guten Händen. Du musst dir keine Sorgen mehr machen."

Die warme Dusche tat gut. Es fühlte sich an, als würde sie den gesamten Schmutz, die Demütigungen und Ereignisse der letzten Tage einfach abwaschen und Bella zu Atem kommen lassen. Dass es Matteo besser ging, spürte sie, umso intensiver aber auch, dass er ihr so sehr fehlte, dass es weh tat. Sie konnte es kaum erwarten, ihn zu sehen. Aber Pietro hatte recht, sie sollte zuerst selbst etwas zu Kräften kommen, um für Matteo da sein zu können…

Sie ging mit Pietro in die Bar.
Luca und Mona schlossen sie beide in die Arme. Es war ein gutes Gefühl, wieder etwas unbeschwerte Normalität zu erfahren. Wenig später saßen sie zusammen beim Essen.

„Wie hast du mich eigentlich früher immer genannt?", fragte Bella plötzlich zwinkernd und nahm noch ein Stück Bruschetta.
Pietro sah sie verwundert an.
„Tesorino, Liebling. Du erinnerst dich?"
Bella nickte.
„An viele Dinge, nicht an alles. Esposito hat meinem Erinnerungsvermögen wohl etwas auf die Sprünge geholfen."
Pietro verschluckte sich.
„Was hat er dir erzählt?"

Die kommenden Stunden berichtete Bella ausführlich über die Begegnung mit Esposito.
Die gesamte Zeit über schwieg Pietro und hörte aufmerksam zu. Er konnte kaum glauben, was sie sagte.
Nachdem sie geendet hatte, fragte sie ihn:

„Hast du das alles gewusst? Wolltest du es mir in Gabriellas Zimmer erzählen, als wir unterbrochen wurden?"

Pietro atmete tief durch.

„Ich habe es nicht gewusst, aber geahnt. Du musst wissen, dass sich Gabriella nach der Ermordung Lucianos komplett zurückgezogen hatte. Es gab eine Zeit, in der sie das Haus nicht mehr verließ. Die Arbeit im Sanatorium hatten ihre Schwestern übernommen. Sie sprach kaum mit jemandem. Wir machten uns große Sorgen, dass sie mit Lucianos Tod nicht alleine fertig werden würde, wir alle wollten ihr helfen, aber sie nahm keine Hilfe an. Eines Tages, es mussten viele Wochen vergangen sein, stand sie vor unserer Tür. Tränenüberströmt fiel sie mir in die Arme. Maria und ich wussten sofort, was nicht stimmte. Es war nicht mehr zu übersehen, dass sie ein Kind unter ihrem Herzen trug. Sie redete stundenlang mit uns, erzählte uns, wie sehr sie den Vater des Kindes geliebt hatte, er aber nicht länger zu ihrem Leben gehörte. Sie bat uns um Hilfe, wenn das Kleine auf der Welt sein würde. Sie wollte es alleine aufziehen, sie musste, sagte sie damals. Als wir nach dem Vater fragten, wir hatten die Vermutung, dass es vielleicht doch Luciano sein könnte, verneinte sie dies vehement. Sie meinte, dass dessen Ermordung gerade der Grund für ihre Entscheidung gewesen sei, doch unsere Frage beantwortete sie nie.

Als Sophia auf der Welt war, war ihr ganzer Schmerz vergessen. Gabriella hatte ihren Lebensmut durch deine Mutter wiedergefunden. Sie war wieder sie selbst und überglücklich mit ihrem kleinen Mädchen. Auch Maria und ich bekamen wenig später unseren ersten Sohn. Die beiden wuchsen zusammen auf wie Geschwister, doch Gabriella gab immer besonders auf Sophia acht. Zumindest, als sie älter wurde. Es gab eine Begebenheit, die mir sehr zu denken gegeben und auch sie wieder verändert hatte.

Sie sagte uns damals, dass sie etwas in der Stadt zu erledigen hätte und sich mit uns später in einem Cafe´ treffen wollte. Sie bat uns, auf Sophia aufzupassen. Da unser Sohn mit einem Freund verabredet war, nahm ich Sophia mit. Maria kam dann später ebenfalls dazu, weil sie vorher ihre Mutter besucht hatte. Wir drei saßen in diesem Cafe´ und dann kam Gabriella. Sie war schwarz gekleidet, als ob sie von einer Beerdigung käme. Als ich sie darauf ansprach, wehrte sie ab und wollte nicht darüber reden. Es schien ihr nicht gutzugehen. Sie war durcheinander, hatte geweint, das sah man ihr an, aber sie wollte uns einfach nichts sagen

. Meine Frau und ich beließen es dabei. Sie kümmerte sich rührend um Sophia, die wie so oft malte. Mit einem Mal wurde Gabriella nervös. Sie schaute sich um. Für einen Augenblick verharrte sie, sah mich dann an und sagte, sie müsse sofort gehen. Sie nahm deine Mutter an die Hand und ging, als wäre der Teufel hinter ihr her. Maria und ich folgten ihr. Aber so sehr ich versuchte herauszufinden, was oder wer ihren plötzlichen Aufbruch verursacht hatte, sie sagte es mir nicht. Später erfuhr ich, dass an diesem Nachmittag der einst größte Mafia-Boss Marcello Luigi Stefano Esposito beerdigt worden war…"

Bella senkte den Kopf und Pietro entging das nicht.
Leise meinte sie: „Das war wohl der Tag, an dem Eduardo Esposito herausgefunden hat, dass meine Mutter seine Tochter ist."
Wenn Bella es aussprach, hörte es sich fremd, nicht zu ihr gehörig an. Doch nach und nach ergab alles einen Sinn. Langsam realisierte sie, dass Esposito ihr die Wahrheit gesagt hatte. Die Puzzleteile schienen sich zu einem Bild zusammenzufinden.
„Damals wurdet ihr von ihm beobachtet, nachdem er Gabriella in der Kirche gesehen hatte und ihr nachgelaufen war. Er hatte das Bild meiner Mutter gefunden und er besitzt es bis heute. Er hat es mir gezeigt," sagte Bella.
Pietro schlug die Augen nieder.
Es war also doch alles wahr und seine damalige Vermutung stimmte.
Um Bella etwas abzulenken, begann er ihr Geschichten zu erzählen.
„Weißt du noch, als du damals bei uns zu Besuch warst und dich darüber beschwert hast, dass deine Eltern keine Zeit für dich hatten? Sie waren beide damit beschäftigt, Gabriella beim Umbau des Sanatoriums zu

helfen, hatten dir aber zuvor versprochen, mit dir ein Eis essen zu gehen. Irgendwann wurde es dir zuviel und du bist einfach zu uns rüber gelaufen, hast dich auf das Sofa gesetzt und warst bockig. Ich habe dir dann ein Eis geholt, damit du wieder lächelst. Das habe ich damit auch geschafft, aber es blieb nicht bei dem einen. Am Ende waren es drei und dir tat der Bauch weh. Später am Abend kam Sophia vorbei. Als sie dich auf dem Sofa liegen sah, fing sie laut an zu lachen und sagte: `Du hast Isabella mit Eis versorgt, so wie mich früher, stimmt´s? ´ Ich konnte nur ergeben nicken. Sie nahm dich hoch und trug dich hinaus. Erinnerst du dich vielleicht daran? Du warst höchstens vier oder fünf Jahre alt."

Bella dachte zurück an ihren Traum. Sie wusste nicht mehr, was alles an diesem Tag passiert war, aber dass sie immer zu viel Eis gegessen hatte, wusste sie noch und musste lächeln.

Gedankenverloren fragte sie Pietro, ob das bei ihrem letzten Besuch in Rom gewesen war.

Der zuckte mit den Schultern. Er ahnte, worauf sie hinauswollte.

„Ich hatte bisher alles aus meiner Erinnerung verdrängt", sagte Bella. „Es muss eine Art Schutzmechanismus gewesen sein, weil mein Vater gestorben war. Aber jetzt, nachdem ich weiß, wer für seinen Tod verantwortlich ist, öffnen sich langsam alle verschlossenen Schubladen und ich bin in der Lage, auch an schöne Dinge zurückzudenken, ohne an meinem Schmerz zu verzweifeln."

Es dauerte eine Weile, bis Pietro begriff.
„Du weißt etwas über den Tod deines Vaters?"
„Ja", nickte Bella und die Wut stieg erneut in ihr auf.
„Lorenzo Manzara, der Mann, der mich entführt hat, Espositos Sohn, tötete meinen Vater, weil er vor Gericht gegen ihn ausgesagt hatte."
Pietro schüttelte den Kopf. Auch das war ihm nicht bewusst gewesen. Es wurde damals von einem Unfall ausgegangen, aber dass Sophia seit dem Tod ihres Mannes nicht ein einziges Mal wieder nach Rom gekommen war, hatte er nie verstanden.
„Ich kann mir gar nicht vorstellen, wie du dich fühlen musst. Als du vor wenigen Wochen ins „La Luna" gekommen bist und ich dich gesehen habe, war meine erste Reaktion einfach nur unendliche Freude, dich nach so langer Zeit wieder um mich zu haben. Von Anfang an wusste ich, wer du bist. Ich muss nicht noch einmal erwähnen, dass du das Ebenbild deiner Großmutter bist, aber als wir miteinander ins Gespräch kamen und ich bemerkte, wie wenig du über deine Familie und deine Kindheit weißt, habe ich versucht, dich ganz langsam heranzuführen, damit du dich erinnern kannst. Aber ich habe nicht damit gerechnet, dass dir der mir bisher unbekannte andere Teil der Familie so viele unangenehme Schwierigkeiten bereitet. Es bricht mir das Herz zu sehen, dass du, wie

deine Großmutter und Mutter, von diesen Espositos gequält wirst. Jede von euch auf eine andere Art, aber dennoch nehmen und nahmen sie erhebliche negativen Einfluss auf euch. Mein Leben lang, nachdem ich Gabriella damals kennengelernt hatte, habe ich mir geschworen, sie zu beschützen, weil sie, ohne es je gewollt zu haben, ein großer Teil meines Lebens geworden ist. Aber ich habe weder geschafft, sie zu schützen, noch deine Mutter oder dich. Ich kann dir nur sagen, dass es mir unendlich leid tut, versagt zu haben, und hoffe, du verzeihst es mir."

Bella hatte Pietro noch nie so traurig gesehen.

Sie strich ihm sanft über die Wange.

„Es ist nicht deine Schuld. Nichts von all dem hast du zu verantworten. Du bist ein wundervoller Mensch, der wirklich alles für seine Lieben tun würde, aber im Leben meiner Familie sind schreckliche Dinge passiert, die niemand hätte positiv beeinflussen können."

Er nickte resigniert.

„Ich weiß nicht, wie ich es beschreiben soll," fuhr Bella fort, „aber ich habe das Gefühl und eigentlich auch die Gewissheit, dass meiner Familie, Gabriella, meinen Eltern und mir selbst trotz allem das größte aller Geschenke zuteil wurde. Die Liebe erfahren zu haben, auf welche Weise auch immer, ist mehr, als man sich wünschen kann. Esposito hat Gabriella immer geliebt und ich bin mir sicher, sie hat es auch getan. Er hatte sich von seiner Familie distanziert, weil er mit den Machenschaften seines Vaters nichts zu tun haben wollte und dennoch hat er ihre Entscheidung akzeptiert, um sie und meine Mutter nicht in Gefahr zu bringen. Ich glaube ihm."

Bella wurde nachdenklich. Was muss es wohl für ihn bedeutet haben, die Liebe seines Lebens zu verlieren, um seine Tochter zu schützen? Er hatte sie nie wirklich kennengelernt…

„Ihr habt Besuch." Luca war an den Tisch gekommen und wies zur Tür.

Giuseppe Conti und ein weiterer Kollege erwarteten sie. Isabella ging auf Conti zu, sein Kollege setzte sich zu Pietro.

„Es ist schön zu sehen, dass es Ihnen gutgeht, Signora Morti", sagte Conti. „Ich habe vergeblich versucht, Sie auf dem Handy zu erreichen, damit ich Sie nicht so überfallen muss, aber es ist wohl ausgeschaltet." Von seiner anfänglichen Abneigung ihr gegenüber war nichts mehr zu spüren.

„Wir haben Esposito fast einen Tag lang vernommen. Er hat alles zu Protokoll gegeben. Ich muss mich bei Ihnen entschuldigen, denn Sie selbst haben wohl erst jetzt erfahren, warum Sie in die Sache verwickelt wurden und wer Sie sind."

Isabella setzte sich.

„Ja, das habe ich. Dennoch müssen Sie sich nicht entschuldigen. Sie haben nur Ihre Arbeit getan und ich bin Ihnen sehr dankbar, dass Sie Manzara festgenommen haben. Wie geht es mit Eduardo Esposito weiter?"

Jetzt setzte sich auch Conti.

„Gegen ihn haben wir nichts in der Hand. Im Gegenteil: Er sich in der Kunstwelt einen Namen gemacht und unterstützt viele caritative Einrichtungen. Wir sind offensichtlich jahrelang dem alten Mythos seines Vaters hinterhergejagt, mit dem er nichts zu tun hat. Er nicht, aber sein Sohn…"

Bella schaute auf.

„Eduardo Esposito hat zwar davon gewusst, dass dieser seit seiner Jugend versucht hat, an die Mafiaorganisation anzuknüpfen und es teilweise auch geschafft hat, aber er hat alles in seiner Macht Stehende getan, Manzara davon abzubringen. Er hat geschwiegen, weil er seinen Sohn nicht verraten wollte, aber das ist jetzt anders. Die Begegnung mit Ihnen, Signora Morti, hat ihn dazu bewogen, gegen seinen Sohn auszusagen, um dem Ganzen ein endgültiges Ende zu setzen."

Bella hielt den Atem an.

„Hat er Ihnen gesagt, was mit meinem Vater passiert ist?"

Conti nickte.

„Esposito hat uns berichtet, dass Manzara Ihnen gegenüber zugegeben hat, Antonio Morti umgebracht zu haben. Das Gericht wird darüber zu befinden haben, ob die Tat nach fast 28 Jahren neu untersucht und aufgeklärt werden muss. Aber Sie können davon ausgehen, dass Manzara auch wegen vieler anderer Verbrechen lange im Gefängnis bleiben wird."

Bella hätte ihn am liebsten umarmt. Zum ersten Mal seit langer Zeit liefen ihr Freudentränen über die Wangen. Sie fühlte sich so erleichtert, dass endlich das Gute gesiegt hatte und ihrer Familie Gerechtigkeit widerfahren würde.

„Wenn Sie mir jetzt noch sagen, dass es Matteo gutgeht und wo ich ihn finden kann, wäre ich glücklicher denn je."

Bella klang so überschwänglich, sie spürte, dass jetzt alles gut werden würde.

Conti verbarg seine Zweifel. Er antwortete ihr sachlich.

„Ich kann Sie wirklich beruhigen. Es geht ihm den Umständen entsprechend gut. Er hat einige Verletzungen davongetragen. Ein paar Rippen sind gebrochen, wobei eine die Lunge verletzt hat. Aber er ist hart im Nehmen, glauben Sie mir. Die Ärzte im Salvator Mundi International Hospital sind hervorragend und haben auch Ihren Pietro nach seiner Schussverletzung schnell und sehr gut versorgt. Im Übrigen wurde jener Täter ebenfalls dank Espositos Hilfe festgenommen. Er ist geständig und hilft seinerseits bei den Ermittlungen gegen Manzara. Dennoch sollten Sie noch warten, bis Sie Matteo besuchen. Ich würde mich bei Ihnen melden, wenn es Ihnen recht ist."

Bella wunderte sich zwar ein wenig, aber sie stimmte zu. Es war ihr bereits bei ihrer ersten Begegnung nicht entgangen, dass Conti wenig begeistert von ihrer Beziehung zu Matteo gewesen war.

Als die Polizisten gegangen waren, setzte sie sich wieder zu Pietro.
Er schien müde, dennoch wollte er nicht, dass Bella ging, als sie ihn darauf ansprach.

„Würdest du mir erzählen, was mit Gabriella geschehen ist? Wie ging ihr Leben weiter?", fragte Bella nach einiger Zeit. „Ich kann mich nicht daran erinnern, sie wiedergesehen zu haben nach dem Tod meines Vaters."
Schon oft hatte sie in den letzten Stunden darüber nachgedacht, aber die einzigen Erinnerungen, die zurückgekehrt waren, waren die, als sie selbst noch ein kleines Kind war.
„Das weiß ich nicht", meinte Pietro traurig.
„Sie hat noch ungefähr ein Jahr ihr Sanatorium weitergeführt, bis sie es schließlich aufgegeben hat. Eines Tages kam sie zu uns und erklärte uns, dass sie die Stadt verlassen würde. Ich war der Meinung, dass sie zu euch nach Deutschland gehen würde, aber als ich sie darauf ansprach, schüttelte sie nur den Kopf. Sie deutete an, dass das Verhältnis zwischen Sophia und ihr nach Antonios Tod nicht mehr dasselbe war. Unterschwellig hatte Sophia ihre Mutter dafür

mitverantwortlich gemacht. Auch wenn es nicht so war, aber Sophia war wohl durch ihren eigenen Schmerz so verändert, dass Gabriella für sie die einzige war, der sie eine Schuld zuschreiben konnte. Ich weiß nicht, inwieweit Sophia über ihre Herkunft und die Geschichte ihrer Mutter Bescheid wusste, aber ich erinnere mich, dass die beiden gestritten haben, bevor Sophia mit dir zurück nach Deutschland ging. Gabriella kümmerte sich damals um die Beerdigung deines Vaters. Er wurde auf dem Protestantischen Friedhof hier in Rom begraben.

Gabriella wollte mit allem abschließen, die Vergangenheit hinter sich lassen und vielleicht irgendwo neu beginnen. Am nächsten Morgen ging sie und ich habe sie nie wiedergesehen."

Pietro legte den Kopf in den Nacken und starrte zur Decke. Er bemühte sich, seine Tränen zu unterdrücken.

„Als Kind hatte sie Shakespeare geliebt", fuhr er fort, „ich habe mir später immer vorgestellt, dass sie in Verona leben würde. Ich weiß nicht, warum…"

Er kämpfte mit seinen Empfindungen. Schließlich nahm er Isabellas Hand.

„Dass du wieder nach Rom gekommen bist, ist mehr, als ich mir hätte wünschen können. Durch dich fühlt es sich an, als wäre alles gut, so wie es ist. Du hast mir Gabriella wieder zurückgebracht, sie wieder nach Hause geholt, auch wenn du selbst davon nichts wusstest. Sicher war es kein Zufall, eher ein Wink des Schicksals, dass du ausgerechnet hier in meiner Nähe ein Zimmer genommen hast. Vielleicht wären wir uns sonst nie begegnet. Ich werde dir dafür dankbar sein, solange ich noch leben darf."

Pietro hielt ihre Hand ganz fest und Bella spürte, wie sehr auch er gelitten hatte.

17

Ein kleiner Torbogen führte auf den weitläufigen und verwinkelten Friedhof. Eine Allee dicht gewachsener Pinien bot den Besuchern den Blick auf einen nur kleinen Abschnitt des wunderschönen Parks. Es herrschte eine majestätische Stille. Allein das Zwitschern der Vögel und das Rauschen der Blätter war zu hören. Auf diesem Friedhof waren viele Persönlichkeiten begraben. Unter ihnen viele Deutsche, wie August von Goethe, Goethes einziger Sohn, Otto von Bülow, ein deutsche Diplomat, Karl Philipp Fohr, ein deutscher Maler, Ingeborg Hoffmann, eine deutsche Schauspielerin und viele mehr. Vielleicht hatte Gabriella gerade wegen der Verbindung zu Deutschland diesen Friedhof für Bellas Vater ausgesucht. Es würde nicht einfach werden, das Grab ihres Vaters hier zu finden, doch es musste, wenn sie Pietro richtig verstanden hatte, in der Nähe der Pyramide, dem Grabmal von Caius Cestius, sein.

Sie hatte lange überlegt, ob sie herkommen sollte. Schlussendlich hatte die Sehnsucht gesiegt, sich so von ihm verabschieden zu können. Doch es war nicht einfach. Ihr Magen rebellierte, ihr Körper spielte verrückt, ihr war schwindelig. Kurz setzte sie sich auf eine der Bänke. Bella konnte nicht mehr sagen, ob es die richtige Entscheidung gewesen war. Ihre Gedanken spielten ihr einen Streich, sie war durcheinander. Es fühlte sich an, als würde sie in diesem Moment alles noch einmal durchmachen, aber nicht wie damals als Kind, sondern sie sah alles aus einer anderen Perspektive. Dieser Ort schien sie ganz und gar einzunehmen, ein Ort der Begegnung, ein Ort der Begegnung mit sich selbst.

Wie in Trance stand sie irgendwann auf. Sie lief in Richtung Pyramide. Sie spürte nichts mehr. Ihr Kopf war leer, nur noch ihr Unterbewusstsein führte sie...dieser Ort schien sie zu beeinflussen. Sie sah Hunderte von Grabsteinen, kleine und opulente, wunderschön angelegte Rabatten...doch sie empfand nichts dabei. Gegenüber der Pyramide führte ein schmaler Weg zu einem abgegrenzten Areal. Die Grabsteine waren etwas schlichter, die Bepflanzung einfacher. Es war wie ein eigener kleiner Friedhof in dem großen Park. Die Bäume säumten den Ort ein, als würden sie ihn schützen wollen. Trotz des warmen Wetters war es hier kühl, angenehm. Ein Ort der absoluten Ruhe...

Isabella schritt langsam durch die Reihen. Es war so friedlich und nach und nach kam sie wieder zu sich. Einerseits wollte sie das Grab ihres Vaters finden, andererseits versuchte sie unbewusst, die Illusion, die sich ihre kindlichen Gedanken aufgebaut hatten, aufrechtzuerhalten, ihn eines Tages wiederzusehen...

Es fühlte sich an, als wäre sie bereits seit Stunden an diesem Ort. Sie las verschiedene Namen auf Steinen und Grabplatten, die Namen vieler Kinder, die ihr Leben viel zu früh verloren hatten. Unter einem weiß blühenden Fliederbusch entdeckte sie einen weiteren Stein. Er war nicht, wie viele andere, bearbeitet. Ein Stein, dessen natürliche Form einem Herzen ähnelte. Er war moosbewachsen und sah dadurch noch viel schöner aus. Instinktiv lief Bella darauf zu. Sie bemerkte dabei nicht, dass ein wenig entfernt neben einem Fliederbusch jemand auf einer Holzbank saß…

Sie hockte sich hin und versuchte, eine Inschrift zu finden. Aber es gab keine. Als Bella wieder aufstand, entdeckte sie an der Rückseite eine kleine Tafel. Sie entfernte das Moos von der Tafel und wich zurück!
Ihr Puls begann zu rasen. Immer wieder las sie die wenigen Worte:

Antonio Morti
In Liebe

Sie presste die Hand auf ihr Herz in der Hoffnung, es dadurch weniger schnell schlagen zu lassen. Die Gewissheit, dass ihr Vater hier lag, und das ebenso starke Gefühl der Dankbarkeit, ihn gefunden und wieder bei sich zu haben, überwältigten sie.

Sie sank auf die Knie. All der Schmerz, der sich seit ihrer Kindheit aufgebaut hatte, die Wut, dass ihr der Vater genommen worden war, der unbeschreibliche Hass auf Lorenzo Manzara, der dieses Leid über ihre kleine Familie gebracht hatte…alles löste sich in diesem Moment in ihrer Seele. Bella weinte wie nie zuvor, ihr Herz schien auseinanderzubrechen, ihre Seele jedoch begann zu heilen…

Einzelne zarte Sonnenstrahlen hatten sich durch die großen Bäume gekämpft und tauchten den Flieder und den in seinem Schutz stehenden Stein in ein mystisch wirkendes Licht. Rundherum schien es dunkler geworden zu sein. Als Bella es bemerkte, beobachtete sie fasziniert dieses Lichtspiel. Sie spürte ihren Vater, als würde er neben ihr stehen. Sie schloss die Augen, um dieses Gefühl für immer in ihrem Sein zu bewahren. Er war bei ihr…er war es immer gewesen und er würde es immer sein…

Dankbar für diese wundervolle Erfahrung strich sie über den Grabstein ihres Vaters.

Erst jetzt bemerkte sie, dass vor dem Stein ein frischer Strauß lag. Er war ihr bisher gar nicht aufgefallen. Es waren Freesien, die Lieblingsblumen ihrer Mutter. Bella wischte sich die Tränen von der Wange und gab sich Mühe, wieder zu sich zu kommen. Die Blumen verwirrten sie. Als sie aufgestanden war und ging, schaute sie immer wieder zurück. Noch immer ruhten die Sonnenstrahlen auf dem Stein, doch das Lichtspiel hatte sich verändert…

In ihren Gedanken und Empfindungen gefangen, ging sie langsam. Ein letztes Mal schaute sie zurück…

Bella sah sich um. Dieser Friedhof war wirklich ein wunderbarer Ort der Ruhe. Sie begann zu lächeln, sie fühlte sich befreit, sicher in dem Glauben, dass sie ihren Frieden finden würde, mit ihrem Leben, mit sich selbst…

„Isabella?"

Bella zuckte zusammen. Sie drehte sich erschrocken um.

Jetzt sah sie eine ältere Dame auf der Bank sitzen.

Irritiert, von ihr mit ihrem Namen angesprochen worden zu sein, ging sie auf sie zu…

War das möglich?

Bella begann zu zittern. Sie konnte nicht glauben, was sie da sah… wen ihr Herz erkannte…

„Nonna?" Ihre Stimme brach…

Die Frau vermochte nicht mehr, etwas zu sagen...sie nickte nur, lief Bella entgegen und nahm ihre schluchzende Enkeltochter in die Arme.

Es war spät geworden und noch immer saßen die beiden Frauen auf der Bank. Sie hatten nicht viel geredet, sich nur immer wieder angesehen und Dinge entdeckt, die ihnen so vertraut waren. Sie besaßen das gleiche lockige Haar, die gleiche Augenform und-farbe, sie ähnelten sich in manchen Gesten und noch immer versprühte Gabriella einen zarten Duft von Vanille, den Bella immer so geliebt hatte. Beide konnten nicht glauben und begreifen, dass sie sich auf diese Weise wiedergefunden hatten

Gabriella bat sie schließlich, ihr aufzuhelfen. Sie stützte sich auf ihren Gehstock, hakte sich bei Bella unter und gemeinsam gingen sie durch den Park zurück.

„Ich bin oft hier, weißt du?", begann Gabriella schließlich. „Fast jeden Tag. Hier bei deinem Vater habe ich immer das Gefühl, auch in eurer Nähe zu sein. Jetzt bin ich dankbar, dass Antonio und Sophia wieder zusammen sind, Gott habe sie beide selig!"

„Du weißt, dass Mama verstorben ist?"

Gabriella nickte traurig. „Ich habe den Kontakt nie ganz verloren und wusste, dass sie sehr krank war. Es war eine Erlösung für mein kleines Mädchen."

Bella stimmte ihr zu, auch wenn sie es noch immer nicht verstehen wollte.

„Hattest du nicht vor vielen Jahren die Stadt verlassen?", fragte sie weiter.

„Du hast mit Pietro gesprochen, nicht wahr?", entgegnete Gabriella zwinkernd.

„Aber ja, es stimmt, ich hatte damals die Stadt verlassen, um mit meiner Vergangenheit abschließen zu können, aber schon sehr bald habe ich gespürt, dass ich es nicht ohne diesen Ort schaffe und nur mit allen Erinnerungen alles verarbeiten und neu beginnen kann.

Ich war eigentlich immer hier, auch wenn ich es vermutlich habe sehr gut verbergen können."

Bella gefiel ihr Humor.

„Aber warum bist du nach allem, was passiert ist, wieder nach Rom gekommen?", fragte Gabriella schließlich.

Bella erzählte ihr von ihrem Leben vor Rom, davon, dass es sie nach dem Tod ihrer Mutter wieder hierher gezogen hatte, ohne wirklich zu wissen, warum. Sie erzählte ihr auch, wie sie Pietro zufällig kennengelernt und dann erst bemerkt hatte, wie viel sie aus ihrem Gedächtnis verdrängt hatte. Voller Begeisterung berichtete sie von der Begegnung mit Matteo und der Liebe zu ihm…doch die genauen Zusammenhänge und Ereignisse ließ sie weg. Es tat nichts zur Sache, zumindest nicht in diesem Moment.

Aber sie sagte, und das war ihr wichtig:

„Ich habe auch Esposito auf ungewöhnliche Art und Weise kennengelernt." Bella war sich nicht sicher, wie Gabriella auf diese Aussage reagieren würde.

Die schlug die Hand vor den Mund, blieb stehen und starrte Bella an. Sie sagte nichts, aber Bella spürte, dass ihr dieser Name noch immer die Bodenhaftung nahm.

„Mhm", meinte sie schließlich.

„Ich denke, das schreit förmlich nach einer Flasche Wein!" Sie zog Bella mit sich, die verdattert hinter ihr herlief.

Sie konnte sich das Lachen nicht verkneifen, als sie schließlich in einem kleinen Restaurant saßen und ihre Nonna das erste Glas Cabernet fast in einem Schluck hinunterstürzte.

Sie war eine Frau von Ende 80, aber bei Gott, das sah und merkte man ihr nicht an.

„So, meine Bella, ich glaube, jetzt bin ich bereit, mir anzuhören, was du mir zu erzählen hast. Langsam glaube ich den Grund zu kennen, warum es dich wieder nach Rom verschlagen hat. Du wurdest geschickt, um mich alte Frau zu quälen... Wie bist du zu Esposito gekommen, wie hast du ihn gefunden?"

„Das habe ich nicht", antwortete sie wahrheitsgemäß. „Er hat mich gefunden."

Auch wenn Gabriella lächelte, Bella wusste, dass ihr das folgende Gespräch nicht leicht fallen würde...

Als sie zu Ende gesprochen hatte, fiel ihr auf, dass Gabriellas Blick an einem Gebäude in einer kleinen Gasse festhielt. Sie schien abwesend, nachdenklich. Bella wartete ab.

Dann sah Gabriella sie an.

„Ich habe dieses Geheimnis seit über 60 Jahren bewahrt. Dass es eines Tages ans Licht kommt, hatte ich befürchtet. Als dein Vater starb, und ich wusste, dass es kein Unfall gewesen sein konnte, dafür habe ich zu viel gesehen, dachte ich, dass Esposito sein Versprechen brechen würde…aber er tat es nicht. Doch warum er es jetzt getan hat, kann ich verstehen. Du bist auch seine Enkeltochter und wir beide sind alt…es ist in Ordnung."

„Du bist ihm nicht böse?", unterbrach Bella.

„Nein, das bin ich nicht. Es ist sein Recht. Schau, da hinten", Gabriella zeigte auf das Gebäude, welches sie vorher angeschaut hatte, „das ist die kleine Kirche, in der wir uns immer getroffen haben." Wehmütig sah sie zu Boden.

„Ist es nicht vielleicht an der Zeit, alles hinter sich zu lassen und ihn wiederzusehen? Und auch Pietro? Ich glaube, du würdest beide sehr glücklich machen." Vielleicht war Bellas Vorschlag etwas voreilig gewesen.

„Ja, das würde ich sehr gerne", entgegnete Gabriella jedoch, nahm Bellas hübsches Gesicht in ihre Hände und küsste sie wie früher auf die Stirn.

„Danke, mein kleiner Engel."

Gabriella wohnte nur wenige Kilometer von ihrem früheren Zuhause entfernt. Obwohl sie sehr müde war, bat sie Bella, bei ihr zu übernachten. Sie wollte sie am liebsten nicht wieder gehen lassen, aber sie verstand, dass diese dankend ablehnte. Sie brauchte etwas Zeit für sich.

Sie ging zu Fuß zurück in ihre Wohnung und ließ diesen Tag Revue passieren. Es war unfassbar. Noch immer konnte sie nicht glauben, was geschehen war. Sie hatte gedacht, dass Nonna bereits verstorben war…und jetzt hatte sie sie wiedergefunden…Sie fühlte sich unglaublich frei, glücklich und zufrieden…ihren Gemütszustand zu beschreiben, war kaum möglich…

Bellas Handy schien wieder zu funktionieren. Sie hatte es aufgeladen, bevor sie am Vormittag gegangen war, jetzt kam eine Nachricht nach der anderen an: Einige Anrufe von Giuseppe Conti, unzählige Anrufe von Matteo, Nachrichten von ihm und sie las jede einzelne. Sie konnte es nicht erwarten, ihm Nonna vorzustellen, ihm zu erzählen, wie sie sich gefunden hatten, ihn endlich wieder in ihrer Nähe zu haben.

Viele Nachrichten waren einige Tage alt. Er hatte sie gesucht, als sie nachts das Sanatorium verlassen hatte.

Er hatte sie Dutzende Male angerufen…ihr geschrieben…

Seine letzten Nachrichten brachten sie zum Weinen. Er war im Krankenhaus aufgewacht und vermisste sie, er hoffte, dass es ihr gut gehen würde, da jetzt alles überstanden war… er wollte sie sehen, sie in den Arm nehmen, sie bei sich spüren…

Matteo;
21:08

„…ich drücke dich fest an mich…küsse deine sinnlichen Lippen…"

Isabella;
23:33

„Ich kann deine Berührungen fühlen, mein Engel…und damit geht es mir wunderbar…ich bin ganz bei dir und spüre dich… wir sehen uns bald…"

Bella wäre am liebsten sofort zu Matteo gefahren…es ging ihm gut…aber es war einfach zu spät. Sie entschied sich, entgegen Contis Bitte, auf seinen Anruf zu warten, ihn gleich am nächsten Morgen zu besuchen…

Es war kaum an Schlaf zu denken. Bella war unruhig, immer wieder wachte sie auf, versuchte sich zu vergewissern, ob sie geträumt oder wirklich all das erlebt hatte, was geschehen war. Sie war unglaublich aufgeregt, Matteo endlich wiederzusehen…aufgeregt, allen erzählen zu können, dass sie ihre Großmutter wiedergefunden hatte…aufgeregt vor allem deshalb, weil sich jetzt alles zum Guten wenden würde und sie ihren Seelenfrieden gefunden hatte. Irgendwann schlief sie fest ein, doch ihr Unterbewusstsein ließ ihr keine Ruhe und führte ihr erneut ihre Ängste vor Augen...

Ich gehe durch die Straßen. Es ist ruhig, ungewöhnlich ruhig. Es ist niemand zu sehen und ich genieße es, allein zu sein und diese wunderschöne Stadt mit all ihren Geheimnissen und Geschichten für einen Augenblick für mich zu haben. Ich fühle mich zu Hause, ich möchte an keinem anderen Ort der Welt sein...ich sehe meine Eltern, die etwas entfernt von mir, Hand in Hand nebeneinander herlaufen und sich verliebt ansehen. Ich rufe nach ihnen, doch sie hören mich nicht. Dann lässt mein Vater die Hand meiner Mutter los, gibt ihr einen letzten Kuss und geht...sie winkt ihm nach und jetzt schaut er zu mir. Sein trauriger Blick bricht mir das Herz...es tut weh, ich möchte zu ihm laufen, aber ich kann nicht. Er wirft mir eine Kusshand zu und plötzlich ist er verschwunden. Ich suche meine Mutter. Gerade stand sie noch da, doch ich sehe auch sie nicht mehr. Da höre ich ihre Stimme. Sie klingt weit entfernt, ich höre sie sagen, dass sie mich liebt...dann ist es still.
Ich möchte diese Stille nicht mehr. Sie ist unheimlich, unwirklich. Sie macht mir Angst. Ich warte ab und mit einem Mal höre ich, wie viele Menschen durcheinanderreden. Aus allen kleinen Gassen und Häusern strömen Leute, die sich angeregt unterhalten oder geschäftig an mir vorbeilaufen. Die Stadt lebt

wieder, ich spüre, dass ich mich langsam sicherer fühle. Ich setzte mich auf den Rand des Brunnens und trinke von seinem Wasser. Meine Gedanken gehen zu Matteo...mit geschlossenen Augen nehme ich wahr, dass er bei mir ist. Seine Nähe wärmt meine Seele, lässt mich aufatmen und empfinden, wie sehr ich ihn liebe, wie sehr ich durch seine Liebe wieder zu mir finde...ich öffne meine Augen und traue ihnen kaum. Da ist er. Matteo steht an eine Mauer gelehnt und sieht zu mir herüber. Er lächelt mich an, bittet mich, zu ihm zu kommen...

Natürlich stehe ich auf und laufe auf ihn zu...ich möchte in seinen Armen liegen, seine Stärke spüren und meine eigene Schwäche zulassen...

Plötzlich wird es dunkel. Schwarze Wolken ziehen am Himmel auf, so schnell, dass es mir schwindelig wird. Das unerwartete Donnergrollen geht mir durch Mark und Bein...ich sehe zu Matteo hinüber, nur noch wenige Schritte und ich bin bei ihm. Er steht noch immer an der Mauer, die Arme verschränkt und beobachtet mich. Er beginnt zu lachen. Grelle Blitze durchbrechen den grauen Himmel und ich bleibe stehen...mit einem Mal ist es wieder hell. Keine einzige Wolke ist mehr zu sehen...und auch er ist verschwunden...

Es war bereits neun Uhr. Bella hat Mühe, wach zu werden. Sie fühlte sich, als hätte sie die ganze Nacht gefeiert. Sie wusste, sie hatte schlecht geträumt, aber von diesem Traum waren nur Erinnerungsfetzen übrig. Was geblieben war, war das unbeschreibliche Brennen in ihrem Magen, welches sie immer dann spürte, wenn sie etwas endgültig verloren hatte …

Sie schüttelte es von sich. Es war ein viel zu schöner Tag, als sich über ihre Träume Gedanken zu machen, nicht heute…

Voller Vorfreude, Matteo endlich wiederzusehen, huschte Bella ins Bad, suchte ihr Lieblingskleid heraus, trank schnell einen Kaffee und sah auf ihr Handy.

Matteo;
03:24

„Ich freue mich auf dich!"

Diese Nachricht gab ihr die Sicherheit, sich dem unbehaglichen Gefühl in ihrem Magen nicht hingeben zu müssen. Sie antwortete ihm nicht, sondern ging sofort los. Die ankommenden Nachrichten von Matteo, nachdem sie die Wohnung verlassen hatte, las sie nicht mehr…

Es waren ungefähr 10 Kilometer bis ins Krankenhaus. Sie wollte nicht so lange gehen, jede Minute, die sie länger von Matteo getrennt war, kam ihr vor wie eine Ewigkeit. Kurz entschlossen nahm sie ein Taxi und war 20 Minuten später da.

In der Anmeldung fragte Bella nach Matteos Zimmer. Als die junge Frau im Computer nachgeschaut hatte, meinte sie:

„Signore Santoro wurde heute erst verlegt. Ich muss auf der Station anrufen. Wen darf ich melden?"

Bella wusste in diesem Moment nicht, was sie antworten sollte. Die Frau bemerkte ihre Unsicherheit und lächelte wissend.

„Gehen Sie auf Station drei, dann den Flur rechts entlang. Das vorletzte Zimmer auf der linken Seite ist sein Zimmer. Nummer sieben." Sie zwinkerte Bella zu, als die ging.

Es war ihr etwas unangenehm gewesen, aber auch sie konnte sich das Lachen nicht verkneifen.

Auf der Station angekommen, suchte sie Matteos Zimmer. Sie ging immer schneller, konnte es kaum erwarten…bis sie Signore Conti auf sich zukommen sah. Er schaute sie ernst an.

„Hatte ich Sie nicht gebeten, auf meinen Anruf zu warten?"

„Ja, aber…"

Bella kam sich plötzlich vor wie ein kleines Kind, das etwas falsch gemacht hatte. Doch in dieser Rolle gefiel sie sich nicht.

„Es ist nett, dass Sie mir angeboten haben, mich anzurufen, aber ich möchte meine Entscheidungen gerne selbst treffen." Sie klang höflich, dennoch bemerkte Conti ihre Bestimmtheit, aber auch ihre Unsicherheit.

„Sie sollten jetzt wirklich wieder gehen." Er wusste nicht, was er anderes hätte sagen sollen.

Bella erschrak.

„Warum? Ist etwas passiert? Geht es ihm nicht gut? Lassen Sie mich zu ihm!"

Sie bekam es mit der Angst zu tun. Matteo hatte ihr doch in der Nacht noch geschrieben. Was war geschehen?

Sie rannte an ihm vorbei.

Mit dieser Reaktion hatte Conti nicht gerechnet.

„Signora Morti, nein…!"

Doch es war bereits zu spät…

Das vorletzte Zimmer auf der linken Seite hatte ein großes Fenster neben der Eingangstür.

Bella stand davor.

Sie sah Matteo.

Er saß im Bett.

Es schien ihm gutzugehen, sehr gut sogar.

Neben ihm saß eine Frau.

Selten hatte Bella eine so schöne Frau gesehen.

Sie war groß, schlank, hatte dunkle, lange Haare und ihr Gesicht glich dem einer Puppe…

Sie redete mit ihm, hielt dabei seine Hände.

Er nickte nur ab und an und schaute aus dem Fenster…

Dann sah er sie an…sie küsste ihn…

Bella wurde plötzlich angestoßen. Sie wich einen Schritt zurück.

Ein kleiner Junge von etwa vier Jahren riss die Tür zu Matteos Zimmer auf.

Er hatte Eis in der Hand…

Ihm folgten noch zwei weitere Jungen, jeweils etwas älter.

Bella hörte den kleinsten rufen:

„Papa, ich habe das Eis ganz allein gekauft."

Matteo sah zu ihm…und zum Fenster.

Er sah Bella.

Ihre Blicke trafen sich.

Der Schock und die Unfähigkeit, irgendetwas an dieser Situation ändern zu können, waren in seinen tränengefüllten Augen deutlich zu sehen…

Bella war nicht fähig, sich zu bewegen. Ihr gesamter Körper bebte. Eine Kühle erfasste sie…sie erreichte jede einzelne ihrer Zellen. Wie eine Schlange wand sie sich in ihr…wand sich um sie und mehr und mehr nahm ihr diese Kälte den Atem…Sie fühlte, wie sich ihr Brustkorb zusammenzog…diese Schlange würde sie umbringen, doch es war ihr gleichgültig. Sie biss sich durch ihren brennenden Magen…ein Gefühl, welches sie nur zu gut kannte…der unheilbare Schmerz des Verlustes…er hatte erneut Besitz von ihr ergriffen…Bella hatte keine Kraft mehr…sie ließ diesen Schmerz einfach zu…ihre Seele stürzte sich in die ihr so vertraute Lethargie des absoluten Verdrängens…Sie nahm nicht mehr wahr, dass Conti hinter ihr stand, mit ihr sprach und versuchte, sie wegzuführen…sie bemerkte nicht, dass sie von dieser Frau beobachtet wurde, nicht, wie sie Matteo vorwurfsvoll und fragend ansah…Bella spürte mit einem Mal die Kälte nicht mehr, kein Leid…sie fühlte nichts mehr…

Matteo sah all das, ihren unwahrscheinlichen Schmerz, ihre Unfähigkeit, zu Kräften zu kommen, die Unmöglichkeit,
in diesem Augenblick alles zu begreifen und noch an Leben zu denken…

18

Giuseppe Conti hatte Bella zu Pietro gebracht. Er hatte nicht gewusst, was er sonst für sie hätte tun können. Noch nie hatte er vorher eine Frau so leiden sehen. Sie war vollkommen in sich zurückgezogen. Von der lebenslustigen und selbstbewussten Frau war nichts übriggeblieben.

Er hatte gewusst, dass dieser Tag irgendwann kommen würde. Er hatte versucht, mit Matteo darüber zu sprechen, aber es war zwecklos gewesen…diese Liebe war den beiden einfach passiert, nichts und niemand hätte sie verhindern können und nichts würde die Wunden, die sie hinterlassen hatte, je schließen können…

Conti setzte Bella neben Pietro.

Der schaute ihn entsetzt und fragend an.

„Matteo Santoro", antwortete Giuseppe Conti nur und verließ die beiden.

Pietro verstand...

Er nahm das Häufchen Elend in seinen Arm und begann eine Melodie zu summen…

Lange saßen die beiden so da, bis Bella endlich zu sich kam, schluchzte und sagte: „Er hat eine Frau und Kinder." Dann erst begann sie bitterlich zu weinen.

Sie lehnte es ab, etwas zu essen. Nur etwas Wasser bekam sie hinunter. Ihre aufkommende Übelkeit ließ nicht mehr zu. Pietro konnte sie verstehen, doch er machte sich Sorgen. Er konnte nur für sie da sein…wie früher, wenn sie traurig war…

Das Handy in Isabellas Handtasche hörte nicht auf zu vibrieren. Sie war sich unschlüssig. Es konnte nur er sein…
Schließlich nahm sie es heraus. Zwei Nachrichten von ihm…mehrere Anrufe.
Mit zitternden Fingern betätigte sie die Tasten.

Matteo;
13:21

„Meine Frau weiß von uns. Ich habe ihr alles erzählt und sie gibt uns eine Chance, wenn es beendet wird!!!"

Bella hatte Mühe weiterzulesen. Ihre Augen begannen zu flimmern, alles verschwamm…

Matteo;
13:28

„Ich will meine Familie retten und uns diese Chance geben!!!
Ich wünsche dir alles, alles Gute für die Zukunft und dass auch du die Liebe findest, die ich habe!!! Du hast es verdient!!! Alles Gute."

Isabella hielt die Luft an, um das Stechen in ihrer Brust zu unterdrücken. Ihr Kopf begann zu glühen, ein widerwärtiges Gefühl von Übelkeit überkam sie erneut.

Das waren nicht seine Worte! Das konnten sie nicht sein. Nie hatte er ihr so geschrieben oder in dieser Art mit ihr geredet.
Sollte sie sich so sehr in diesem Mann getäuscht haben?

Ihr Handy vibrierte. Vor Schreck ließ sie es fallen. Immer wieder sah sie darauf, las seinen Namen…

Pietro zerriss es das Herz, sie so zu sehen. Doch konnte es noch schlimmer werden? Vielleicht musste sie ein letztes Mal mit Matteo reden, vielleicht…
Kaum eine Minute später klingelte es erneut.

Bella sah Pietro fragend an. Er stimmte ihr mit einem resignierenden Nicken zu, den Anruf dieses Mal anzunehmen.

Auf wackeligen Beinen ging sie aus dem „La Luna" hinaus. Doch sie musste sich draußen sofort wieder hinsetzen. Die letzten Stunden hatten ihr alle Energie geraubt. Sie nahm den Anruf an…

„Bella? Bella, hörst du mich?" Ein ersticktes Ja war ihre Antwort.

„Es tut mir alles so leid, ich weiß nicht, was ich sagen oder tun könnte, es wieder gutzumachen. Bitte verzeih mir, bitte. Du musst wissen, dass ich alles, was ich zu dir gesagt habe, ernst gemeint habe. Du bist mir passiert, ich habe es nicht verhindern können und es auch nicht gewollt. Obwohl ich gewusst habe, dass ich dich belüge, meine Frau und meine Kinder belüge… Ich bin meinen Gefühlen gefolgt, als ich dich das erste Mal gesehen habe. Bella?"

„Ich bin da", antwortete sie. Sie war gefasst. Bemühte sich, ihn nicht merken zu lassen, wie es ihr wirklich ging.

„Hast du mir diese Nachrichten geschrieben?", fragte sie schließlich.

Matteo antwortete nicht sofort.

„Ja, ich habe diese Nachrichten geschrieben, weil ich sie schreiben musste. Meine Frau hat es so verlangt. Sie gibt mir nur eine Chance, wenn ich unsere Beziehung beende. Sie wusste schon länger von uns, sie kannte unsere Nachrichten, wusste von unseren Treffen. Ich musste ihr versprechen, dir diese Dinge zu schreiben und dich nicht wiederzusehen."

Er schwieg und Bella versuchte zu verstehen, was er ihr gerade gesagt hatte. Seine Frau wusste von ihrer Beziehung? Sie kannte ihre Nachrichten? Ihr lief es kalt den Rücken hinunter. Was musste das für diese Frau bedeuten, so hintergangen worden zu sein? Gleichzeitig kam Bella der Gedanke, dass sie Matteo offenbar nicht getraut und sein Handy durchgeschaut hatte…

Sie konnte und wollte sich jedoch nicht mit diesen Fragen auseinandersetzen…sie kam sich plötzlich schäbig vor, benutzt, naiv, gutgläubig…

Doch sie musste diese eine Frage noch stellen, auch wenn sie bisher keinen Gedanken daran verschwendet hatte, eine Beziehung mit einem verheirateten Mann zu führen...

„Du sagtest, du hast diese Nachrichten deiner Frau zuliebe geschrieben?"

Sie hörte Matteo schwer atmen.

„Ja, das habe ich. Aber ich möchte es auch so. Ich kann mir nicht vorstellen, ohne meine Kinder zu sein. Wir haben lange geredet. Ich habe in meiner Ehe immer diese grenzenlose und bedingungslose Liebe vermisst, Zuneigung, Nähe…all das, was du mir geschenkt hast. Doch sie hat mir versprochen, dies alles zu ändern, auch auf meine Bedürfnisse einzugehen…ich glaube ihr. Für meine Kinder und auch für sie…ich habe sie aus Liebe geheiratet und ich liebe sie noch. Ich bin mir nicht sicher, ob man zwei Frauen, die so unterschiedlich sind, gleichermaßen lieben kann, aber es scheint so zu sein…"

Selbst wenn Bella gewollt hätte, sie hätte nichts entgegnen können. Sie wollte auflegen, aber sie realisierte schmerzhaft, dass dies ihr letztes Gespräch sein würde.

„Bella, du bist die Frau, die sich jeder Mann nur wünschen kann. Wäre ich nicht verheiratet, wärst du an meiner Seite. Du bist ganz tief in meinem Herzen verankert und du musst mir glauben, alles, was ich gesagt und getan habe, war echt und ehrlich. Ich wünsche mir so sehr, dass du glücklich wirst…"

Bella hielt mühevoll ihre Tränen zurück. Ihre Kehle war wie zugeschnürt, sie bekam kaum Luft…doch sie schaffte es:

„Ich wünsche dir von Herzen Liebe und ein wundervolles Leben."

Sie hörte Matteo seufzen.

„Bella, sage mir, wie sieht dein Himmel aus…?"

Darauf konnte sie nicht mehr antworten. Sie legte auf und brach weinend zusammen.

Irgendwann bemerkte Bella eine Hand auf ihrer Schulter. In Erwartung, dass es Pietro war, drehte sie sich um und sah Gabriella vor sich stehen. Sie sprang auf, nahm sie in den Arm. Ihr wurde bewusst, dass sie bei allem, was sie verloren, auch sehr viel gewonnen hatte…

Gabriella wollte nachfragen, aber Bella wehrte ab. Es gab Dinge, die in diesem Moment wichtiger und bei Gott sinnvoller waren, als in seinem eigenen Elend zu vergehen…

Sie wischte sich die Tränen weg, atmete tief durch und nahm ihre Nonna an die Hand.

„Lass uns jemanden sehr glücklich machen."

Mit diesen Worten betraten die beiden Frauen das „La Luna".

Als Pietro sie sah, stieß er einen gellenden Schrei aus.

„Bella! Was…ich kann es nicht…Gabriella?" Dass es Pietro einmal die Sprache verschlagen würde, brachte die Frauen zum Lachen und gleichzeitig zum Weinen…aus tief empfundener Freude und voller Glück.

Es war an diesem finstern Tag das schönste Geschenk für Bella, ihre Nonna und Pietro wieder innig vereint zu sehen.

Sie ließ die beiden allein. Sie hatten sich so viel zu erzählen und auch sie selbst brauchte Zeit für sich.

Doch kurz bevor sie die Bar verließ, nahm sie ihrer Großmutter noch ein Versprechen ab:

„Nonna, du hast aus Angst um deine Familie auf deine große Liebe verzichtet, deine eigenen Gefühle hintenangestellt, ohne zu wissen, ob diese Liebe nicht dennoch eine Chance gehabt hätte…
Alles was ich weiß, ist, dass meine Eltern sich abgöttisch geliebt haben und auf grausame Weise voneinander getrennt wurden.
Ich selbst habe geliebt, als gäbe es kein Morgen, und auch mir wurde diese Liebe genommen. Sie war nichts als eine zauberhafte Illusion, für die ich dennoch dankbar bin, auch wenn ich innerlich daran zugrunde gehen werde. Ein rasanter Aufstieg in die Sphären der seelischen und körperlichen Zweisamkeit und ein ebenso rasanter Abstieg in die tiefsten Ängste meines Selbst…ich durfte für wenige Tage erfahren, wie es sich anfühlt, zu lieben und geliebt zu werden…
Du, Nonna, du hast noch immer die Möglichkeit, deine große Liebe in dein Leben zurückzuholen…
Geh zu ihm, geh zu deinem Nico, lass die Vergangenheit ruhen, denn niemand weiß, wie viel Zeit uns bleibt.
Gabriella ging auf Bella zu. Sie sah ihr unendliches Leid, auch wenn sie es noch nicht kannte, und versprach es ihr:
„Ja, mein Engel, das werde ich…"

Es hatte begonnen zu regnen, als Bella das „La Luna“ verließ. Das erste Mal, nachdem sie nach Rom zurückgekommen war…

Bellas Himmel war rabenschwarz…

Wie oft muss ich sterben, um zu leben?

Die Dunkelheit hängt über mir
Und hüllt mich langsam ein.
Sie drückt und engt mich,
schiebt und drängt mich
zwanghaft in eine Form hinein.

Sie liegt mir sorgenschwer auf dem Gemüt,
nie habe ich weniger als jetzt gefühlt.
Es ist so schwerlich
Unerträglich und ich merke ganz allmählich
Wie ich mich gefangen fühle.
In dem Wollen und nicht Können,
in dem Tun und nicht dürfen,
hören, spüren und doch nicht sehen,
wo ein Ausweg ist.

Manchmal, ganz leise, bahnt sich Sehnsucht
durch die dunklen Wolken,
meinen Körper, durch mein Sein.
Ein Lächeln huscht mir um die Lippen
Und lässt den Hoffnungsschimmer ein.
Nur ein Schimmer, der so schön ist,
glänzt und leuchtet wie ein Stern...

Verheißungsvoll zeigt er den Weg,
wie wunderschön es dennoch sein kann.
Zufrieden und vom Glück beseelt
halte ich verzweifelt daran fest,
versucht mein Herz aufzunehmen,
was da ist...

Doch schon der Zweifel stört das Halten.
Ich spüre, wie schnell die Hoffnung schwindet
Und sich kämpferisch die Seele windet.

Leben und doch langsam sterben...

Die Erkenntnis ist so schmerzhaft,
zerreißt meinen Körper, brennt mich aus.
Obwohl ich fühle, was mich geheilt hat,
reißt es mir das Herz heraus.

Doch!

Solange mich meine Beine tragen
und der Verstand
über mich siegt,
wird es ohne Herz und Seele gehen
...
bis sie endlich wieder Licht
und Hoffnung sehen.

Wenn das Leben einfach passiert

... *Gefühlsgedanken*

(Isabella)

Hinfallen, aufstehen.

Der immerwährende Kreis des Lebens.

Noch immer liege ich im nassen Gras.

Die kühle Feuchtigkeit durchdringt meinen Körper und obwohl jede meiner Empfindungen geweckt ist, fühle ich mich leer.

Ohne Verstand, ohne Denken.

Nichts.

Ich verspüre nur die aufkeimende und unabdingbare Stärke meines Willens.

Mein Wille, sehen zu können, was gut, was richtig, was großartig ist.

Was mich zu einem lebendigen Menschen macht.

Der Himmel, so grau er auch scheinen mag, hat nach seiner gewaltigen Aufruhr des Sturmes wieder oder

gerade wegen seines Aufbäumens unzählig viele hell
leuchtende Stellen.

Er sieht majestätisch, ja göttlich aus.

Wie er sich seinen Weg bahnt, Wut äußert über Dinge,
die ihn zürnen lassen und gleichzeitig Hoffnung schürt,
für das, was kommen mag.

Was bin ich im Vergleich zu dieser Naturgewalt?

Nur ein kleines Lebewesen, das sich fügen sollte?

Ich möchte genau wie der Himmel sein!

Ewig während, wütend, stürmisch, Hoffnung gebend
und liebend.

Nicht nur für eine begrenzte Zeit, nicht nur für einen
Augenblick, nicht nur für einen Moment...

Für das Leben, wenn es einfach passiert...

Wenn das Leben einfach passiert

277

Danke,

an alle, die mich bei der Vollendung dieses Buches unterstützt haben und denjenigen, die dieses Buch und vielleicht auch andere Romane von mir gelesen haben. Wie immer bin ich Ihnen verbunden, dass Sie die bestimmt noch immer versteckten Fehler einfach „mitgelesen" haben ☺.

Ein großes Dankeschön geht an Tina, die diesen Roman kritisch unter die Lupe genommen und mir wertvolle Tipps gegeben hat.

Ich möchte vor allem auch meiner lieben Heidi danken, die mir erneut mit ihrem Sachverstand in Lektorat und Korrektorat unterstützend zur Seite gestanden hat. Ohne sie wären meine Bücher einfach nicht lesbar. Ganz besonders bedanke ich mich bei meiner entzückenden Freundin Jeannette, meinem kleinen Flummi. Ihre Kreativität, ihr Können, ihre Geduld und ihre Unermüdlichkeit haben dazu beigetragen, das Cover dieses Romans so passend zu gestalten.

Danke für deine Hilfe und deine Freundschaft!

Und letztendlich und vor allem bleibt mir der Dank an Isabella und Matteo! Ihre Liebesgeschichte hat meine Phantasie zu diesem Roman angeregt und mir gezeigt, dass es die wahre Liebe, so schmerzhaft sie auch manchmal sein mag, wirklich geben kann…

Wenn das Leben einfach passiert

Weitere Bücher der Autorin, ebenfalls erschienen bei BoD:

„Traumleuchten" 2014
ISBN: 978-3-735-74029-8

„Seelentrost" 2014
ISBN: 978-3-738-60735-2

„Un(d)endlich ich!" 2015
IBSN: 978-3-734-78486-6

„Tor zur Vergangenheit" 2016
ISBN: 978-3-738-63390-0

„Finde mich!" 2017
ISBN: 978-3-743-16654-7

„Mutterlüge" 2018
ISBN: 978-375-285197-7

Wenn das Leben einfach passiert

Lektorat und Korrektorat:
Adelheid Deschner, Brünn, Thüringen
Covergestaltung und Design:
Jeannette Gabriel, Suhl, Thüringen

www.dianahuebner.de

Wenn das Leben einfach passiert

©2019
Herstellung und Verlag: BoD – Books on
Demand,Norderstedt.
ISBN: 978-3-7494-7063-1